大どろぼうホッツェンプロッツ
ふたたび あらわる

プロイスラー 作　トリップ 絵　中村浩三 訳

＊　日本のみなさん！

わたしのともだちのカスパールとゼッペルも、それからおばあさんも、巡査部長のディンペルモーザー氏も、『大どろぼうホッツェンプロッツ』のつづきが、また日本のみなさんのところで本になることを、わたしからきいて、たいへんよろこんでいます。

このれんちゅうは、わたしとおなじように、日本語をはなすことも、読むこともできません。でも、日本の本は、とくべつりっぱで、心のこもったものであることは、みただけで、このれんちゅうにも、わたしとおなじように、ちゃんとわかるのです。

そして、わるい大どろぼうをふたたびつかまえるにあ

NEUES VOM RÄUBER HOTZENPLOTZ
by Otfried Preussler

Original German language edition published by K. Thienemanns Verlag

Japanese translation rights arranged with the original publisher
through Orion Press Co., Inc., Tokyo

たって、れんちゅうがしなければならなかった、さまざまな冒険を、みなさんが、むねをおどらせて、読んでくださるように！　――わたしとおなじように、このれんちゅうも、みんな、そうきたいしているようです。

では、ごきげんよう。

一九七〇年九月二十九日

オトフリート・プロイスラー

著　者　紹　介

作者　プロイスラー　（1923〜）
チェコスロバキア（当時）のボヘミア地方に生まれる。長年ドイツの小学校で教師をしながら、独特なユーモアにあふれた物語を次つぎに発表。ドイツ児童文学賞を数回受け、国際アンデルセン賞作家賞（次席）を受賞。代表作に『クラバート』などがある。

画家　トリップ　（1915〜1978）
ドイツのエッセンに生まれる。新聞関係の仕事をしながら、ベランに師事し、1949年より商業美術家・さし絵画家として独立。多くの児童書に楽しいさし絵を描いた。

訳者　中村浩三　（1917〜2008）
島根県に生まれる。早稲田大学ドイツ文学科卒業。ドイツのボン大学に留学。早稲田大学名誉教授。訳書に、『かみ舟のふしぎな旅』『六にんの男たち』『クラバート』などがある。

もくじ

この物語の登場人物

ホッツェンプロッツ　世界でいちばん危険な大どろぼう。いまや警官の姿にふんして、留置場から脱出！

カスパールのおばあさん　まえはコーヒーひきを、こんどはソーセージをうばわれて気絶する。大どろぼうの最大の被害者。

カスパール㊨とゼッペル㊧　大の仲よし。お料理上手のおばあさんをいじめる大どろぼうを、なんとか思いしらせてやりたいと大活躍。

ディンペルモーザー氏　ひとりぐらしの巡査部長。全力をあげて少年たちをたすけるが、重要なときに、いつも一歩おくれをとる。

シュロッターベック夫人　いろいろな相談にのってくれる占い師の賢い夫人。自分でわからない場合は、水晶の玉がおしえてくれる。

バスティ　シュロッターベック夫人が魔法をかけそこなった犬で、世界中のワニや犬をあわせたよりもすぐれた才能がある。

おばあさんを　すくいだしにきた　カスパールたちは、
またまた 大どろぼうのわなに かかってしまいました。

大どろぼうホッツェンプロッツ

ふたたび　あらわる

プロイスラー作
中村浩三訳

1 赤いえりの男

　ある日のこと、カスパールのおばあさんは、お昼に、台所のレンジの前にたって、ソーセージをやいていました。

　レンジの上には、フライパンとならんで、ザワークラウト（はっこうさせた塩づけキャベツ）のはいった大きななべが、かかっていました。ザワークラウトから、ほかほかゆげがあがり、ソーセージは、ジュウジュウ音をたてています。家じゅうに、なんともいえない、いいにおいがあふれていました。

　これで、きょうは木曜日だということが、だれにもわかります。なぜなら、カスパールのおばあさんのうちでは、木曜日は、やきソーセージにザワークラウト――と、きまっていたからです。

　やきソーセージにザワークラウトは、カスパールとゼッペルの大好物です。ですから、もしも、ふたりののぞみどおりに、ことがはこべるものなら、一週間は、七日とも木曜日にしたいところ――あるいは、もっと欲をいえば、一週間をばいにして、十四日とも木曜日にしたいところでした。

　そんなわけで、ふたりは、木曜日の昼ごはんには、いつもおくれないようにきちんとかえってくるのです。

　それだけに、きょう、ふたりのかえりがおそいのが、おばあさんには、いっそう気がかりでした。

（あの子たちは、いったいどこをうろついているのでしょう？）と、おばあさんはかんがえました。（もう、十二時を三分もすぎているわ。あの子たちに、なにかあったのではないかしら？）

　おばあさんは、フライパンとザワークラウトのはいったなべを、火からおろしました。

　それから、なべの中のゆげをだすため、ふたをすこしあげました。

　そのとたん、おばあさんは、ザワークラウトのもうもうとしたゆげにつつまれました。めがねのたまがすっかりくもって、なにもみえなくなりました。

「ほんとにばかなことだわ！」と、おばあさんはさけびました。「いくらめがねをかけていても、たまがくもってしまっては、なにもならないというものだわ！」
おばあさんは、すばやく鼻からめがねをはずして、エプロンのはじで、ゆげをふきとろうとしました——そのときです。庭の道から足音がきこえてきました。いそぎ足ですが、ドシンドシンとおもそうな音です。どうかんがえても、カスパールとゼッペルの足音ではありません。

それからすぐに、戸がバタンとあいて、だれかが台所にどたばたとはいってきました。

「おや、まあ！」と、カスパールのおばあさんはいいました。「そんなにらんぼうをしないでください、巡査部長さん！　いったい、ノックもしないで、はいっていいのですか？」

めがねをかけないと、おばあさんは、なにもかもただぼんやりとしかみえません。おばあさんが、いっしょうけんめいみたところでは、台所にがたがたはいってきた男は、銀のボタンと赤いえりのついた青い服を着ているのです。それに、ヘルメットとサーベル——こうなると、巡査部長のアロイス・ディンペルモーザーさんだとおもうほかはありません。だって、銀のボタンと赤いえりのついた青い服の人といえば、この町では、この人しかいないのです。

早おきは
三文のとく

「まったく、ばかにいいにおいがしているじゃないか！」と、赤いえりの男はいいました。その声は、おばあさんには、たしかに、ききおぼえのある声でした。でも、ディンペルモーザーさんの声ではありません。

（はて、だれだったろう？）と、おばあさんはかんがえました。そして、そのかんがえだけに気をとられ、めがねをふいて、かけなおすことは、とんとわすれていました。

そのうち、青い服に銀ボタンの男は、レンジのところにやってきて、ソーセージのはいったフライパンに目をとめました。

「やきソーセージにザワークラウトか！」男は、こうふんしていいました。「二週間、水とパン――そしていま、やきソーセージにザワークラウト！」

それから、男は、おばあさんのほうをふりむいて、サーベルでおどしました。

「おい！」男は、さけびました。「やきソーセージとザワークラウトを、こっちによこしな！　おれは、はらぺこなんだ。それに、いそいでもいるんだ！」

カスパールのおばあさんは、ふんがいしました。

「失礼ながら、巡査部長さん――それは、じょうだんでしょうね？」

男は、あらあらしい口調で、おばあさんをさえぎりました。

「おばあさん、ばかなまねはよせよ――それとも、あんたの目の前にいるのは、だれだか、わからないのかい？　まあ、めがねをかけてみるんだな、でも、しょうしょういそいでたのむぜ！」

「そうとも、そうとも！」

おばあさんは、めがねをふいて、かけました。つぎのしゅんかん、おばあさんの顔が、あらいたてのシーツのように、白くなりました。

「これはしたり――おまえさんでしたか？　おまえさんは、二週間まえから、消防ポンプおきばに留置されているはずなのに！」

「そこのつとめは、もうおわったんだよ、ばあさん。」

「それでどうやって、その制服とサーベルを手にいれたのです？　巡査部長のディンペルモーザーさんにしれたら！」

警官のヘルメットをかぶった、その男は、わらっていいました。

「それなら、やっこさん、とっくにごぞんじだ。ともかく、やきソーセージとザワークラウトを、さっさとこっちによこすんだ！　さもなきゃ、おれさまが、しょうしんしょうめいの大どろぼうホッツェンプロッツってえことを、いやというほどしらせてやるぜ！」

カスパールのおばあさんは、台所の時計に目をやりました。十二時八分すぎです。カスパールとゼッペルは、いったいどこにいるのでしょう？

おばあさんは、食器戸だなからさらを一まいとって、それに、やきソーセージを一本とザワークラウトを一さじのっけました。

「やきソーセージ一本⁉」大どろぼうは、にぎりこぶしでテーブルの上を、ドンとたたきました。「ばあさん、どうかしてるんじゃないか？　おれがほしいといっているのは、やきソーセージぜんぶと――それに、なべの中のザワークラウトぜんぶだぜ。わかったな？」

そういわれると、どうしようもありません。おばあさんは、ソーセージをのこらずさらにいれ、そのそばに、ザワークラウトをなべごとおきました。

「それでけっこう！」と、ホッツェンプロッツはさけんで、それから、おばあさんに、テーブルの前にすわるようにいいました。

「ばかなまねをされちゃ、こまるからな。じゃ、ちょうだいするぜ！」

おばあさんは、いすにこしをおろして、ホッツェンプロッツがソーセージをどんどんたべるのを、ただだまってながめているほかはありません。

いつもの木曜日とおなじように、ソーセージは、ぜんぶで九本ありました。ホッツェンプロッツは、それを一本ものこさず、むしゃむしゃたいらげてしまいました。ザワークラウトは、なべからじかにとってたべました。テーブルかけがよごれることなどは、いっこうにおかまいなしです。

「ああ、うまかった！」ソーセージとザワークラウトをすっかりたべてしまうと、ホッツェンプロッツは、そういって、ことばをつづけました。「ばあさん、とてつもなくうまかったぜ！　ところでひとつ、じゅうぶん気をつけてもらいたいことがある。台所の時計は、いまちょうど十二時十五分すぎだ。これから十分のあいだ、ここにおとなしくすわっているんだ、一ことも声をださずにだ。十分すぎたら、たすけをもとめてもよい。——だが、一分でも早くしてはだめだぞ。おれのいったことが、わかったな？」

おばあさんは、へんじをしません。

大どろぼうホッツェンプロッツは、どなりました。

「おい、ばあさん、きいているのかい？　どうして、うんともすんともいわないんだ？」
おばあさんは、一ことものいいません。
おばあさんは、いすにこしをおろしたまま、身うごきひとつしません。
それもそのはず、おばあさんは、ホッツェンプロッツが、さいごのソーセージのさいごの一口をたべた、ちょうどそのしゅんかんに、はらがたつやら、びっくりするやらで――気をうしなっていたのです。

2 わしを だしてくれ！

カスパールと友だちのゼッペルは、いっしょに町の小川に魚をつりにいっていたのでした。しかし、ふるい雪かきぼうきと、酢のあきびんのほかは、なにもつれませんでした。

雪かきぼうきは、また水の中になげこみましたが、あきびんだけは、とっておきました。

「だってさ」と、カスパールはいったのでした。「まさかのとき、この中に手紙をいれて、あきびん通信ができるだろう。」

ふたりは、もし、とちゅう、かわったじけんにであわなかったなら、いつもの木曜日のように、きょうも、きまった時間にぴったり食卓についていたにちがいありません。

ところが、ふたりが市場の広場をとおりかかったとき、消防ポンプおきばから、こもったようなさけび声がきこえてきたのでした。

「おや？」カスパールはいいました。「ホッツェンプロッツのやつ、きょうはごきげんがわるそうだな。ほら、さんざん悪態をついているじゃないか！」

「あれは、悪態をついているんじゃない」と、ゼッペルがこたえました。「たすけをもとめているのだ。とすると、歯か、おなかが、いたいのかもしれないよ。」

おばあさんのコーヒーひきがぬすまれたじけんいらい、カスパールはホッツェンプロッツのことをうらんでいます。

「あんなやつなんか、歯も、おなかも、いたいほうがいいんだ！」と、カスパールはいいました。「それに、足のどのゆびにも、魚の目が二つずつ、できたらいいんだ！」

そういったにもかかわらず、カスパールは、ゼッペルといっしょに、どうしたのかきくために、消防ポンプおきばにかけていきました。

ポンプおきばには、小さなまどが一つしかありません。そのまどには、もちろん、格子がはまっています。まどの下にたつと、こもった声が、なにをいっているのか、よくわかりました。

「たすけてくれ！」と、ポンプおきばの中の声は、いいました。「たすけてくれ、わしは、ここにとじこめられているんだ！　あけて、わしを、だしてくれ！」

　カスパールとゼッペルは、わらいました。

「あんたには、これがちょうどいいんだ！」と、ふたりはさけびました。「ぼくたちは、あんたがやっとここにいれられたのを、よろこんでいるんだ、ホッツェンプロッツさん！」

　二週間まえに、ふたりは警察に協力して、このどろぼうをつかまえたのです。そのごほうびに、町長さんから五百五十五マルク五十五ペニヒもらったのでした。そして、おまわりさんのディンペルモーザー氏は、そのときから巡査部長になったのでした。

「だしてくれ！」と、その声はさけびました。「わしは、大どろぼうホッツェンプロッツじゃないんだ！」

「そうだとも！」と、カスパールは、その声をさえぎりました。「ぼくたちは、よくしっている。あんたは、七人の小人をつれた赤ずきんちゃんなんだな！」

「おい、じょうだんじゃない！　わしは巡査部長のディンペルモーザー氏だぞ！」

「わめくのは、もういいかげんにやめたほうがいいですよ、どなりやの部長さん——すぐに警察がきますよ！」

「ばかな！　警察はわしだよ！　きみたちは、わしの声がわからんのか？　わしをここからだしてくれ！　わしは、まぎれもない警察官なんだぞ！」

カスパールとゼッペルは、そのこもった声のいうことは、一ことも信用しません。もんだいは、はっきりしているのです。つまり、ホッツェンプロッツは、ふたりをだまそうとしているのです。やすやすと、その手にのったりしてはいけません。

「あんたが、ほんとうに、ディンペルモーザーさんなら……」と、カスパールはいいました。「ぼくたちにみえるように、まどのそばまで、やってきてはどうですか？」

「そうはいかない。わしは、しばられたまま、ゆかにたおされているんだ。もしもわしをすぐにここからだしてくれなければ、きみたちは、つみをおかすことになるんだ。わかったかい？　つみ——になるんだぞ！」

いつものように、このときも、カスパールとゼッペルは、どうしたらいいか、すぐにわかりました。ゼッペルが、ポンプおきばのかべにせなかをつけてたちました。すると、カスパールは、ゼッペルの肩にのっかって、格子まどから中をのぞきました。

「さあ、早く！」と、カスパールはさけびました。「すがたをみせてください、どこにいるんですか？」

「ここの下にいるんだ。消防自動車のうしろだ。わしが、みえんのか？」

「みえませんよ」

と、カスパールはいいました。「ガラス製の自動車でなければ、みえるわけがないでしょう。そんなばかげたうそっぱちに、人がだまされると

おもうのは、もう、よしたほうがいいですよ！」

「うそじゃないんだ！　これは、警官が証明する、まぎれもない事実なのだ。たのむから、わしのいうことを信じて、わしをだしてくれ！　いったいどうしたら、きみたちは、わしのいうことを信用してくれるのか？」

カスパールとゼッペルは、できることならいましばらく、ホッツェンプロッツのことばに耳をかたむけたいくらいでした。大どろぼうホッツェンプロッツから、頭をさげてたのまれることは、とてもゆかいだったからです。

しかし、そのとき、町役場の塔から十二時十五分をつげる鐘の音がきこえてきました。とつぜん、ふたりは、きょうは木曜日だということをおもいだしました。

「まあ、ごゆっくり、なきごとをつづけたらいいでしょう！」と、カスパールは格子まどから中にむかってさけびました。「ざんねんながら、ぼくとゼッペルは、お昼をたべに、うちへかえらなくちゃいけないのです。なきごと部長の**プロッツェンホッツ**さん——せっかくのやきソーセージの皮がはじけてしまうまで、あんたとつきあってもいられませんからね！」

3 あたらしい　できごと

さいしょ、カスパールとゼッペルは、じぶんたちがおそくかえってきたので、おばあさんはひどくきげんをそこねているんだな、とおもいました。

おばあさんは、どうも、台所のテーブルのむこうにじっとすわったまま、しらん顔をすることで、ふたりをせめているようなようすなのです。

「おばあさん！」と、カスパールは声をかけました。「きげんをなおしてよ！　ほんとうは、ぼくたちがわるいんじゃないんだから！」

このときはじめて、カスパールは、おばあさんが、どうかしていることに、気がつきました。

「おや、たいへんだぞ！　きっと、おばあさんは、またきぜつしたんだ！」

ゼッペルは、からっぽのフライパンとザワークラウトのなべをゆびさしました。

「ひょっとすると、おばあさんは、ぼくたちが時間どおりに食事にかえってこなかったので、おこったのかもしれないよ」と、ゼッペルはいいました。「そして、腹だちまぎれに、ひとりでぜんぶたいらげてしまって、そのあと、気分がわるくなったんだ。」

「そうかもしれない」と、カスパールもいいました。「やきソーセージ九本にザワークラウトなべいっぱいでは、おばあさんには、いくらなんでもちょっとおおすぎるものな。」

ふたりは、いっしょに、おばあさんをひっぱって、ソファーの上まではこびました。それから、おばあさんのひたいと、こめかみにブランデーをぬりつけ、鼻の下に切りたてのタマネギをもっていきました。

そこで、おばあさんは、ひどいくしゃみをするはめになりました。そして、くしゃみをしおわるやいなや、むっくとおきあがって、じぶんの名前をわすれた人のように、あたりをみまわしました。

そのとき、テーブルの上の、からっぽのフライパンとザワークラウトのなべに、目がとまりました。――すると、きゅうに、おばあさんに記憶がよみがえってきました。

「あんたたち、なにがあったか、あててごらん！」

そこで、おばあさんは、いそいでカスパールとゼッペルに、ホッツェンプロッツのおか

げでひどいめにあったことをはなしました。

「おそろしいことじゃないか？」おばあさんはさけびました。「まっぴるまに、この町では、じぶんのいのちも、やきソーセージのことも、安心できないなんて！　この町には、なんのために警察があるのか、わたしゃ、しりたいね！」

　おばあさんは、ため

いきをつきながら、ソファーに身をしずめました。それはまるで、つぎのしゅんかんには、またきぜつするつもりだ、といったようなかっこうでした。

おばあさんは、力のなくような声で、カスパールとゼッペルに、巡査部長のディンペルモーザーさんのところにかけていって、じけんを報告するようにたのみました。

「わたしのしるかぎりでは……」と、おばあさんは、なさけなさそうな声でいいました。

「ディンペルモーザーさんは、いまごろ派出所のつくえのかげにすわって、昼ねをしているところだとおもうわ。」

「いや、きょうは、ちがうかもしれない！」と、カスパールはいいました。

そして、カスパールは、おなかがぺこぺこなのにもかかわらず（木曜日は、お昼にやきソーセージとザワークラウトをたらふくたべるために、朝ごはんは、いつもの半分しかたべないのです）、友だちのゼッペルのあばらのあたりを一つこづいて、さけびました。

「おい、もんだいは、消防ポンプおきばだ！」

もう、おばあさんのことは、そっちのけ。ふたりは、まわれ右をして、戸口からとびだしていきました。

「まああ――あんたたち、いったいどうしたの？」

おばあさんは、びっくりして、ふたりのあとをみおくりました。

おばあさんは、いまにも気をうしないそうになるのを、やっとのおもいでこらえました。手さぐりでソファーをつたってテーブルへ、テーブルから戸だなへたどりつきました。そこで、気つけぐすりに、ハッカ水を二はいのみました。

それから、三どばかり、からだを力いっぱいゆすると、カスパールとゼッペルのあとをおっかけていきました。

4 はじしらずの見本

消防ポンプおきばのかぎは、二つありました。一つは、巡査部長のディンペルモーザー氏が保管し、もう一つは、消防自警団の団長のリューベザーメン氏が保管していました。リューベザーメン氏の本業は、小さなからし工場の社長さんでした。

カスパールとゼッペルが、リューベザーメン氏のうちをたずねて、巡査部長のディンペルモーザーさんのおつかいできました、消防ポンプおきばのかぎをかしてください、いそいでひつようなのです……と、いったとき、リューベザーメン氏は、べつになにもうたがいませんでした。

「もちろん、いいですよ――巡査部長さんによろしくな!」

カスパールとゼッペルは、かぎをもらうやいなや、ただもういちもくさんに、ポンプおきばへとはしりました。ポンプおきばの前では、おばあさんが、ふたりをまっていました。

「ごしょうだから、いっておくれ――これはいったい、どうしたというんだい?」

「すぐにわかりますよ、おばあさん！」カスパールは、かぎをかぎあなにいれて、入り口をあけました。

巡査部長アロイス・ディンペルモーザー氏は、ポンプおきばの、いちばんおくのすみのかべと消防自動車のあいだに、よこたわっていました。下から上まで、消火ホースをぐるぐるまきつけられて。

ホースのいっぽうのはしから、す足がのぞき、もういっぽうのはしからは、首と頭がでています。しかし、頭には、からっぽのバケツがかぶせてありました。そのために、ディンペルモーザー氏の声が、こもった、ちがった声になり、カスパールにも、ゼッペルにもききわけられなかったのです。

「こっちへきて、てつだってくれないか！」カスパールはさけびました。「ホースをとかなくちゃいけない！」

三人は、ホースのいっぽうのはしをつかんで、ひっぱりました。

すると、巡査部長さんは、肩をじくにして、糸まきのようにまわりだしました。三人がしんけんにひっぱればひっぱるほど、巡査部長さんは、ますます早くまわります。

「ゆっくりたのむよ、もっとゆっくり！」と、巡査部長さんはさけびました。「目がまわるじゃないか、人をうない、ごまとまちがえちゃこまるよ！」

しばらくかかって、やっとホースをかんぜんにほどくことができました。

ところが、どうでしょう。ディンペルモーザー氏の身につい

ているものといったら、気のどくに、シャツとズボン下だけじゃありませんか！　ほかのものはみんな、ホッツェンプロッツがはぎとって、もっていったのです、くつ下までも。

「いったい、きみたちは、このいまいましいバケツを、いつまで、わしにかぶせておくつもりだ？」

　そうでした。まこと、バケツのことを、三人はすっかりわすれていました。

　カスパールが、ディンペルモーザー氏の頭からバケツをとりました。すると、ディンペルモーザー氏は、二、三回、大きないきをしました。

「やれやれ！　こんなものをかぶせられて、いきがつまりそうだったよ！」

　ディンペルモーザー氏は、目をこすってから、じぶんのからだの下のほうをみました。

「あのやろう！　わしから、ズボンまでとっていきゃあがった！　――おばあさん、すまんが、あっちをむいていてくださらんか！」

　おばあさんは、めがねをはずしました。

「このほうが、わきをむくよりいいでしょう」と、おばあさんはいいました。「それはそうと、ひとつ、はなしてくださいませんか。いったいぜんたい、なにごとがおこったのか？」

ディンペルモーザー氏は、カスパールの上着をかりて、はおると、消防自動車の足かけにこしをおろしました。

「ホッツェンプロッツのやつが、わしをだましゃあがったんだ」と、ディンペルモーザー氏は、ぶつくさいいました。「十一時半ちょっとすぎのことだった。とつぜん――いつもこの時刻には、わしは市場にいっているのだが、きょうも、市場の秩序が、ちゃんとたもたれているかどうか、みてまわっていると――とつぜん、消防ポンプおきばの中から、大声でうめく声がきこえてきたんだ。

『たすけてくれ、巡査部長さん、たすけてくれ！　盲腸がよじれたんだ！　すぐ医者にかからなければいけない！　いそいできてください、いそいで！』と、こういっているのだ。

わしは、もちろん、すぐにポンプおきばにかけつけた。

(盲腸のよじれというのは……)と、わしはかんがえた。(かんたんに、あつかえる病気じゃないぞ！　あいつが、もしもこれにかかったのなら、どうしたらいいだろう？)

わしは、戸口をあけるなり、中にとびこんだ！　すると、どこからか、頭に一げきをくらった。――それから、しばらくのあいだ、わしは、気をうしなっていたのです。」

「おそろしいこと！」おばあさんはさけびました。「身の毛もよだつおそろしさ！　わたしは、ほんとうにこういいたいわ。いまのごじせいでは、どろぼうにはぜったいに気をゆるしてはいけない。たとえ、そのどろぼうが、どんな重病にかかっているばあいでも。」

「それが、やつは、けっして重病なんかじゃなかったのです。」ディンペルモーザー氏は、ぶつぶついいました。「わしの頭をなぐるために、盲腸がよじれたなんのといって、わしをペテンにかけたんです！　ところで、いいですか。あいつは、こともあろうに、火たたきで、わしの頭をなぐったんですぞ！　あとで、わしがしばられたまま気がついたとき、あいつが、じぶんで、そういったんです。」

「まあ、そんなことまで！」と、おばあさんはさけびました。「あの男は、ほんとうに、はじしらずの見本みたいなやつだわ！　あの男をできるだけ早くつかまえて、正当なばつをくわえてやらなくちゃいけないわ。ねえ、そうおもいませんか？」

「おもいますとも！」

ディンペルモーザー氏は、とびあがって、にぎりこぶしをふりあげました。

「ちくしょうめ、あのやろう、目にものみせてくれるぞ——たとえ、あいつが、月のむこ

うにかくれゃあがっても！」

　そういいながら、ディンペルモーザー氏は、かけだして、大どろぼうホッツェンプロッツの追跡にかかろうとしました。

　ゼッペルは、ディンペルモーザー氏のシャツのすそをつかんで、どうにかやっと、ひきとめることができました。

「だめですよ、巡査部長さん！」

と、ゼッペルはさけびました。

「ズボンをはいていないことを、わすれちゃこまりますよ！」

5 はいし、はいし！

カスパールとゼッペルは、巡査部長さんに、かわりの制服をうちまでとりにいってきてあげましょう、と、もうしでました。――しかし、ざんねんなことに、ディンペルモーザー氏の話では、かわりの制服は、きのうの朝、せんたく屋にもっていったばかりで、せんたく屋では、それができあがるのは、早くても、来週の水曜日、ひょっとすると、木曜日か、金曜日になるかもしれない、といわれた、というのでした。

「いいじゃないですか」と、カスパールはいいました。「なにも、とくに制服でなければいけない、というわけではないのでしょ。きっと、まだほかの服があるでしょう。」

「それが、ないんだよ！」と、巡査部長さんは、うめき声をあげて、洋服だんすには、もう、服は一着もない、ズボンさえ、もう、かわりはないんだ、と、うちあけました。

「それというのは」と、巡査部長さんはいいました。「きみたちもしっているように、わしは、いつも勤務についているし、勤務ちゅうは制服、ということになっているからなんだよ。」

「じゃ、こうしては、どうでしょう?」カスパールは、しばらくかんがえたあげく、いいました。

「ひとまず、ぼくたちのうちへきてください。ぼくたちで、できるだけのことはしますから。おばあさんも、これに、はんたいはしないでしょう――それとも?」

おばあさんは、いっさいしょうちしました。

カスパールとゼッペルは、かどのやおやのおばあさんのところから、手車と、キュウリのつけもののあきだるをかりてきました。

ディンペルモーザー氏に、たるの中にはいってもらい、うちまではこぶことを、しょうちさせるのは、なかなかよういではありませんでした。

「わしを、キュウリのつけものとでもおもっているのか?」と、ディンペルモーザー氏はどなりました。「役人が、こんなあきだるなんかにはいれるものか!」

でも、けっきょく、ディンペルモーザー氏は、たるの中にはいりました。ほかにうまい方法があったでしょうか?

カスパールとゼッペルは、キュウリのあきだるに木のふたをすると、車の前にたって、出発しようとしました。

「まちなさい！」と、おばあさんがさけびました。「そんなにあわてちゃだめ！　まだ、ポンプおきばにかぎをかけてないじゃないの！　気をつけないと、ホッツェンプロッツに、消防自動車まで、まんまとぬすまれてしまうわ！」

「でも、あいつは、ほかのかぎをもっているんだよ。——ディンペルモーザーさんのかぎをさ！　そのかぎで、どのみち、はいろうとおもえば、はいれるんだ！」

「それにしても！」と、おばあさんはこたえました。「きちんとすることは、きちんとしなくちゃだめ。たとえ、それがなんの役にたたなくてもです！」

カスパールとゼッペルは、おばあさんがポンプおきばの戸口をしめて、かぎをかけるのをまっていました。それから、ふたりは、手車をひっぱりはじめました。おばあさんは、うしろにまわって、おしました。

道で、この三人にあった人びとは、市場でキュウリのつけものを一たる買って、いま、うちにはこんでかえるとちゅうだと、おもったにちがいありません。

もし、その人たちも、すぐそばまでちかづいてきていたら、もちろん、たるの中に人がいて、たえずぶつぶついっているのをきいたでしょう。それは、ぼそぼそと、こう、毒づいていたのです。

「くそいまいましい。ここの中の空気はなんだ！　もしかすると、わしのからだから、一生、キュウリのつけもののにおいが、とれないかもしれないぞ！

それにまた、この中のせまいことといったら、ありゃしない！　おかげで、からだじゅうあざだら

けだ。あ、鼻がいたい！　おお、いたい、こんどは左の肩だ！　きみたちは、わしのほねはゴムで、頭は綿でできているとでも、おもっているのか？」

車がすすむにつれて、巡査部長は、たるの中が、ますますいやになってきます。そして、ますますいやになればなるほど、その毒づく声も、だんだん大きくなってきます。

たまりかねて、おばあさんは、二、三ど、巡査部長さんをなだめにかかりました。

「おとなしくしていてください、巡査部長さん！　おとなしくしていてください！　人がへんにおもうじゃありませんか？」
おばあさんがいくらなだめても、役にたたないので、こんどは、カスパールとゼッペルが、歌をうたいはじめました。

「はいし、はいし！
だんごに　しるだぞ！
馬車を　どんどん　とばしたけりゃ、
バターを　じゃんじゃん　つかうがいい！
ほら　年がら年じゅう
はいし、はいし！」

おばあさんも、いっしょに声をかぎりにうたいました。
そして、三人は、どうにかこうにか、じぶんたちの声で、ディンペルモーザー氏の声をかきけすことができました。

❻ なにかやらねばならぬ

おばあさんのうちには、お客用のベッドが一つおいてある、かべがななめの、小さなやねうらべやがあります。巡査部長さんは、そこにとめてもらうことになりました。

「吉草茶をめしあがりませんか？」と、おばあさんはたずねました。「吉草茶は神経をしずめます。そして、あなたには、きっときくでしょうよ。――なにしろ、いろんなめにおあいになったのですから。」

「しょうじきにいわせてもらえば」と、ディンペルモーザー氏はいいました。「むしろ、なにかたべるものがほしいですな。ほら、おなかが、グウグウなっているでしょう！」

「ぼくたちも！」と、カスパールとゼッペルがさけびました。

おばあさんは台所にいって、一山のパンにバターをぬりました。

ディンペルモーザー氏とカスパールとゼッペルは、そのパンを一つのこさず、たべてしまいました。

おばあさんには、どうしてこんなときに、こんなにものがたべられるのか、わかりません。おばあさんは、こうふんすると、かならず胃がおかしくなるのです。そして、そのあとなん時間ものあいだ、たべものが一口も、のどをとおらないのです。

おばあさんは、ディンペルモーザー氏のベッドのそばに、吉草茶をいれたポットをおいて、つぎのようにいいました。

「わたしは、これから町にいかなくてはなりません。一つには、二、三、じぶんの用があるのですが、――もう一つ」と、おばあさんはディンペルモーザー氏にやくそくしました。「せんたく屋によって、あなたの制服をいそぐように、ちょっぴりさいそくしてまいります。」

「そうしてください！」と、ディンペルモーザー氏はさけびました。「一どぐらい、とくべつにいそがせても、ばちはあたらないでしょう！　それから、もっと、おねがいしたいことがあるんですが……。」

「と、おっしゃると？」

「うちから、くつとくつ下をもってきていただきたいのです。それに、かわりのヘルメットと、それからサーベルもいっしょに。日曜日だけさげることにしている、盛装用のサーベルです。みんな、家主のプンツミヒェル夫人が、だしてくれるはずです。それから、もう一つ、わすれないように、とおもっていたのですが——中庭の自転車おきばに、青い自転車があります。リムは赤いのです。そいつも、もってきていただきたいのですが？　わし専用の警察の自転車です。せんたく屋から制服ができてきたら、すぐに、それにのってでかけます——そうなりゃ、ホッツェンプロッツがふたたび留置場にはいるのに、そうひまはかからないでしょう。ちかってもいいですよ！」

「しょうちしました。」おばあさんはいいました。「では、サーベルに、くつと、くつ下、それから、ヘルメットに、青い自転車ですね。」

「それから、やきソーセージもね！」と、カスパールはつけたしました。

「やきソーセージもだって？」と、おばあさんがききかえしました。

「そうだよ」と、カスパールはいいました。「わすれちゃだめだよ！　きょうは、木曜日だよ！　やきソーセージにザワークラウトを、一どぐらい、とくべつに、晩ごはんにたべたっていいでしょ……。」

「やきソーセージにザワークラウトだって？」おばあさんは、頭をはげしくよこにふりました。「大どろぼうホッツェンプロッツが自由にかけまわっているかぎり、わたしのうちでは、もう二どとやきソーセージはしません。ザワークラウトだって、おなじことよ！　わたしが、あんなやつを、二ども、じぶんのところにおびきよせたがっているとでも、おもっているの？　一どでたくさんよ！」

おばあさんは、がんこに主張しました。おばあさんに、このかんがえをやめさせることができるものは、全世界になにひとつありません。

カスパールとゼッペルは、おばあさんが、がんこなことをよくしっていましたから、おばあさんをときふせるのは、さいしょからあきらめてしまいました。ふたりは、すっかりしょげて、庭にでました。そして、家のうらの日なたにこしをおろして、かんがえました。計算は、かんたんでした。つまり、大どろぼうホッツェンプロッツが留置場にはいるのが、早くなればなるほど、おばあさんが、やきソーセージにザワークラウトをつくってくれることも、早くなるというかんじょうです。

「ディンペルモーザーさんがあいつをつかまえるまで、いつまでも、ぼくたちは、まっていていいものだろうか？」と、カスパールがききました。「なにかやらねばならぬ、と、ぼくはおもうんだ……。」

「もう、なにか、計画があるのか？」と、ゼッペルはしりたがりました。

「なんとかして、あいつを、また、消防ポンプおきばに、おびきよせなければならない、ということは、わかるだろう……。」

「もんだいは、ただ、どうして、おびきよせるかだ！」と、ゼッペ

ルはいいました。「ベーコンでも、つかってみるか――それとも、やっぱり、やきソーセージか？」

「そんなの、みんなだめだよ！」と、カスパールはいいました。

カスパールは、ひたいにしわをよせて、かんがえました。あれこれかんがえました。

――すると、とつぜん、きょう町の小川からつりあげた、酢のあきびんのことが、うかんできました。

「わかった！」カスパールは、さけびました。「ゼッペル、わかったぞ！ あいつのところに、あきびん通信をもっていこう！」

「あき……？」

「あきびん通信だよ！」

「あきびん通信を、ホッツェンプロッツにおくるのか？」

「人がなにかいうときには、よくきいていなくちゃこまるな。あいつのところにもっていこうといったんだぜ。おくるのと、もっていくのとは、大ちがいだよ。

ところで、ゼッペル！ すまないが、紙屋さんにいって、ふうろう（びんの口をふさぐための、ろう状の物質）を一本買ってきてくれないか！」

「ふうろう？」

「そうだよ。」カスパールはいいました。「ほんもののあきびん通信では、びんそのものよりも、むしろ、ふうろうのほうが、だいじなのだ。」

7 わが家は わが家

大どろぼうホッツェンプロッツは、それこそ、あのこわいあごひげのさきまで、だいまんぞくでした。

第一には、きょうの昼から、また自由の身になったことです。もちろん、いちばんだいじな点は、そのことでした。

第二には、警官の服装を一そろいもっていることです。――ホッツェンプロッツは、これをできるだけじぶんのしごとに利用しようとおもっていました。

そして、第三には、これはカスパールのおばあさんのおかげだということをみとめないわけにはいきませんが、やきソーセージとザワークラウトが、とてつもなくおいしかったということです。

（これでねじろさえ、ちゃんとしていれば、おれは、ほんとうに、だいだいまんぞくだ）と、ホッツェンプロッツはおもいました。

巡査部長ディンペルモーザー氏の制服は、まるであつらえたように、ホッツェンプロッツのからだにぴったりあいました。

ホッツェンプロッツは、じぶんのものは小さなつつみにまとめて、左のわきの下にかかえました。右手には、ぶんどってきたサーベルをもち、ステッキのようにふっていました。

ホッツェンプロッツは、森の中をあるいていくあいだ、お気にいりの歌を口ぶえでふきました。ふしは、かならずしもあっていませんが、大きな音で、ふきました。

「ここは　みどりの　森の中
けいさつの　目も　とどかない
この世で　いちばん
自由な　世界！
ララ　ゆかいだな！
おいら　どろぼうー！」

ホッツェンプロッツは、のんびりあるいたので、ほとんど一時間半もかかって、やっと

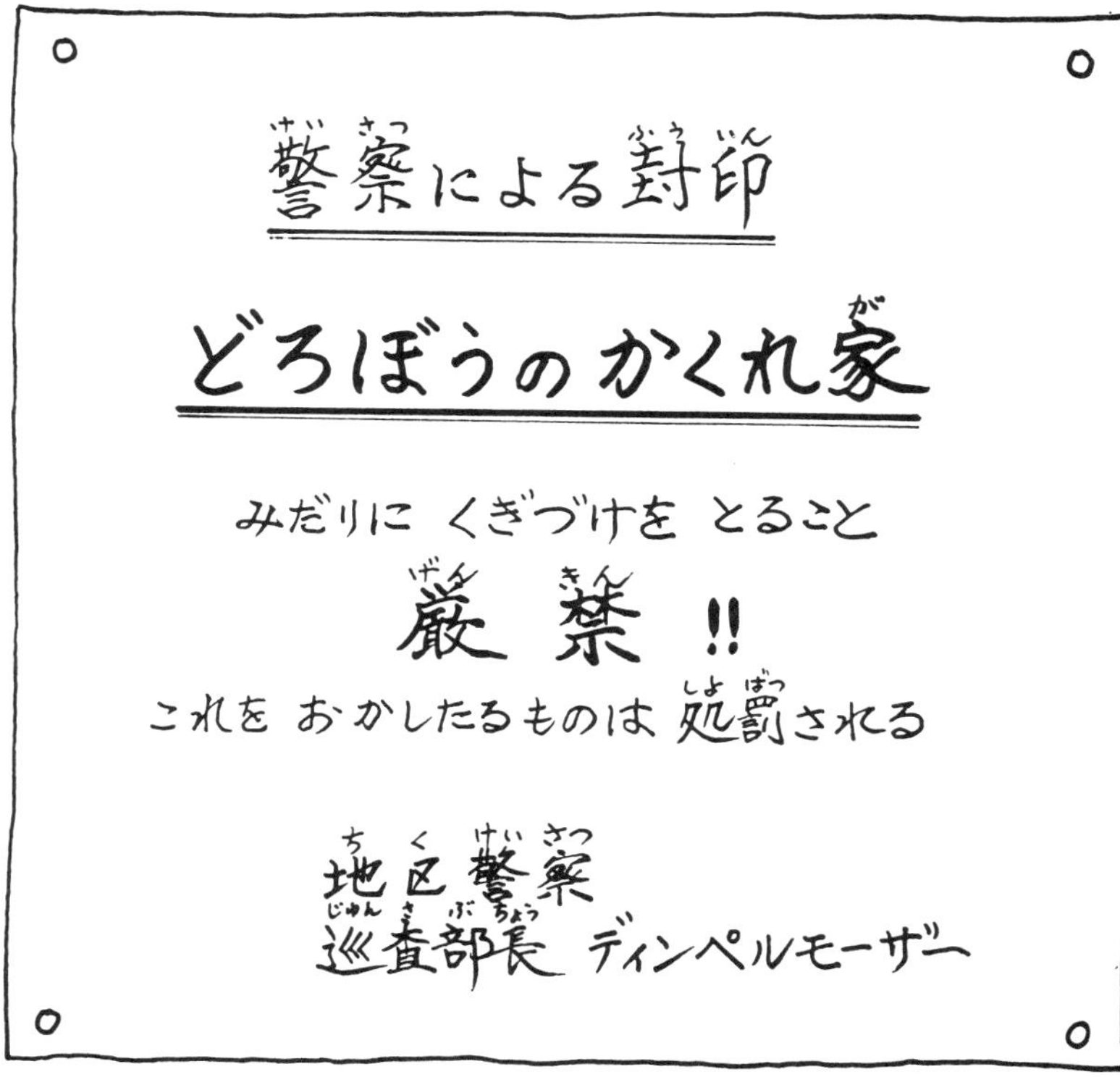

うちにつきました。

ねじろの入り口は、おもっていたとおり、板でくぎづけされていました。

入り口のはしらには、上のような文句を手でかいた、ふだがかかっています。

ホッツェンプロッツは、まばたきをしながら、まんぞくそうに手をもみました。

「ここまでは、万事つごうよくいったぞ。このさきも、はたしてうまくいくかどうか、ひとつみてみよう……。」

ほかのどろぼうたちは、かくれ家が、いつか発見されるかもしれないばあいにそなえて、そのときのひなんばしょとして、第二のかくれ家をつくっておくのが、ならわしです。ところが、大どろぼうホッツェンプロッツは、そうではありません。

（どうして、第二のかくれ家のひつようがあろう？）と、ホッツェンプロッツはかんがえたのでした。（第一のかくれ家に、その役もはたさせればよい。ひつような、たった一つのものは、だれにも気づかれない、第二の入り口だ。ただし、じゅうぶんぬけめなくつくっておくことだ。そうすれば、万事かんたんで、そのうえ、きわめて安全でもある。）

ホッツェンプロッツは、あたりにだれもうかがっているものがいないことを、たしかめると、一本のふるいカシワの木のところにかけていきました。その木というのは、ねじろの入り口から二十歩ばかりはなれたところにたっていて、中ががらんどうになっていました。

ホッツェンプロッツは、そのあなの中にはいって、地面をおおっている、おち葉や木の皮などをかたづけました。すると、カシワの板でできた、がんじょうな戸があらわれました。

ホッツェンプロッツは、木のみきのわれめから、かぎをとりだしました。そんなところにかぎがかくしてあろうなどとは、だれもおもいもおよばないでしょう。

ホッツェンプロッツは、いまやおとし戸をあけました。――そこが、せまい地下道の入り口になっているのです。

地下道をあるいて、きっかり二十歩、そこで、板かべにつきあたります。ホッツェンプロッツは、身をかがめて、ひみつのボタンをおしました。――すると、板かべが、かんたんにおしのけられました。

ホッツェンプロッツは、ほくそえみながら、どろぼうのかくれ家に足をふみいれました。「わが家は、やっぱりわが家だ！」ホッツェンプロッツは、さけびました。「おもうに、警察は、いたるところ、おれをさがすだろう。ただ、ここだけは、ちがう。なぜかって、けっきょく、おれの住まいは、警察の手で、くぎづけされているのだからな！」

ホッツェンプロッツは、じぶんの衣類などをつつんだつつみを、すみのほうにぽんとほうりだすと、かくれ家の中をみまわしました。

戸だなも、長もちも、あいていて、中身が、ゆかの上になげだされているのです。なにもかも、ごちゃごちゃ。下着類に台所道具、へや着、コーヒーポット、くつぬぎ器（革の長ぐつをぬぐときにつかう道具）、口ひげチックのはいったはこ、くつみがき道具、

マッチ、火（ひ）かきぼう、火（ひ）ばさみ、うどんこね板（いた）、ズボンつり、かぎたばこ数（すう）つつみ、火（ひ）かきフォーク、アルコールびん、そのほか、いろいろなものが、めっちゃくちゃにいりみだれています。

「ちくしょう、ディンペルモーザーのしわざだ

な！」ホッツェンプロッツは、いかり声をはっしました。「あいつが、ここの家さがしをしたにちがいないことは、おれにだってわかる。だが、いくらなんでも、だしたものはみんな、また、もとのばしょにもどしておくぐらいのことは、しておいたっていいはずだ！——ひとつ、みてみよう、なくなったものはないかな……。」

なくなったものは、七本の短刀、コショウ、コショウピストル、望遠鏡、どろぼう用のサーベル、それに、火薬をいれたたると、コショウをいれたたるです。ディンペルモーザー氏が、かくれ家をそうさくしたとき、それらをさしおさえて、もっていったのでした。

しかし、そんなことにおどろく大どろぼうホッツェンプロッツではありません。こういうこともあろうかとおもって、まえもって、ちゃんと用意がしてあったのです。

ホッツェンプロッツは、かべにくっついていたベッドをうごかして、ゆかにつくってあった、ひみつのひき戸をあけました。

「まったく、ひみつの地下貯蔵室にまさるものはない」と、ホッツェンプロッツはいうと、はらばいになって、あけたひき戸の口から中に手をいれました。

地下貯蔵室には、さしおさえられた短刀のかわりに、あたらしいのが、それぞれ三本ずつ用意してありました。そのほか、どろぼうがしごとをするのにひつような、すべてのものがありました。

ホッツェンプロッツは、たまのこめてある、コショウピストルをしっかりつかんで、ひっぱりだしました。

「さしずめ、これがあればいい。」ホッツェンプロッツはいいました。「ほかのものは、このへやをすこしかたづけてからだ。」

かたづけることとは、ホッツェンプロッツには、とくべついやなしごとでした。

「まるで、おれが、おれ自身のめしつかいのようではないか!」と、ホッツェンプロッツは毒づきました。「だが、おれが大どろぼうホッツェンプロッツであるかぎり――このふくしゅうは、きっとしてやるぞ! ディンペルモーザーだけではない。まず、カスパールとゼッペルだ。やつらがおれをぶちこみゃあがったのだから、ただですませるものか! あしたにでも、さっそくまちぶせしてやろう。そして、つかまえたらさいご、やつら二ひきでシチュー用の肉をつくってやる! そうだ――シチュー肉だぞ、へ、へ、へ、へへへ……。」

8 あきびん通信

あくる朝、ホッツェンプロッツは、カスパールとゼッペルをつかまえるために、出発しました。

きょうも、警察官の制服を着ています。――ただし、こんどは、バンドにコショウピストルと七本の短刀をさしていました。それに、予備の望遠鏡と、じょうぶそうなつなも二、三本もっていました。

ホッツェンプロッツは、森のはずれのエニシダのしげみのかげで、みはっていることにしました。

(ここで、よこになって、やつらがくるのを、まつとしよう)と、ホッツェンプロッツは心の中でちかいました。(やつらは、いつかきっと、ここをとおるにちがいない。ちくしょうめ、そういうにおいがするのだ。――なにしろ、いままで、おれの鼻に信用がおけなかったことは、一どもないからな!)

ホッツェンプロッツは、望遠鏡で、国道をうかがっていました。どこにも、人のすがたは、みあたりません。

太陽が頭の上をてりつけ、ハエが一ぴき、ヘルメットのまわりでぶんぶんいっています。うっかりいねむりをしてはいけないとおもって、ときどき、かぎたばこをかぎました。

「二週間ぽっちの留置場生活が、人の習慣をかえるなんて、ちょっとかんがえられないけどな！」ホッツェンプロッツは、ぶつぶつこぼしました。「以前は、おれは、なん時間でもまちぶせをすることができた。それでいて、ねむくなったことなぞなかったのに……。」

とつぜん、ホッツェンプロッツは、はっとしました。国道を、みおぼえのあるふたりのすがたが、こちらへちかづいてくるではありませんか。望遠鏡で、はっきりみえるのです。

ひとりは赤いカスパール帽を、もうひとりはみどりのゼッペル帽をかぶっています。

大どろぼうホッツェンプロッツは、いっぺんに、ねむけがふきとびました。

「おれがおもっていたとおり、やつらは、ここをとおるじゃないか！」ホッツェンプロッツは、つぶやきました。「どうやら、ふたりで魚をとりにいったらしいな。ゼッペルは、つりざおを肩にかけ、カスパールは、あみを……。

それはそうと、あみの中に、なにかはいっているぞ。おもそうなものだな……。ひょっとすると、びんかな？　そうだ、ちくしょう、びんだぞ。——いま、はっきりみえる。中に、ラム酒でもはいっているのかな？　それとも、ナシ酒（ナシでつくった酒）かな？」

ホッツェンプロッツは、口の中に、つばがわいてくるのをおぼえました。それにもかかわらず、冷静さをうしなわず、とびだす用意をしました。

カスパールとゼッペルを、あと数歩のところまでちかづけました。そこで、コショウピストルをつきつけながら、やぶの中からとんでました。

「手をあげろ。——あげないと、うつぞ！」

　カスパールとゼッペルは、つり道具をなげだして、りょう手をあげました。

　とつぜん、カスパールが、わらいだしました。

「あなたは、おまわりさんでしょう。それなのに、ぼくたちをこんなにおどかすなんて、いったい、どうしたんですか？」

ホッツェンプロッツは、カスパールの鼻さきに、コショウピストルをつきつけました。

「おれの顔をよくみてみろ！　このヘルメットと赤いえりはべつにして、かんがえるんだ！　そしたら、のんきにわらってなんか、いられなくなるぞ。どうだ？」

カスパールは、白目をむきだしました。ゼッペルは、歯をがちがちさせました。ふたりは、あらかじめ、このれんしゅうをうんとしておいたのです。

「あ、あなたは、あ、あの……」と、カスパールはどもりました。

「そうだ、おれだよ、へ、へ、へ、へへへ！　どうだ、しょうしょうおどろいたか？」

ホッツェンプロッツは、カスパールがもっている、あみの中のびんを、ピストルでさしました。

「そいつを、どこから手にいれたんだ？」

「ま、町の小川で、つ、つったんです。これは、び、びん……。」

「なぜ、そのさきを、いわないんだ？　そいつを、こっちへよこしな！　中に、なにがはいっているのか、みてみようじゃないか！」

ホッツェンプロッツは、びんをとりあげると、あっちからこっちから、てっていてきにしらべてみて、頭をふりながらいいました。

「おもいちがいでなければ、これには封印がしてある。それから、ここに紙きれがはってあるぞ……。」

その紙きれには、かざり文字でこうかいてありました。

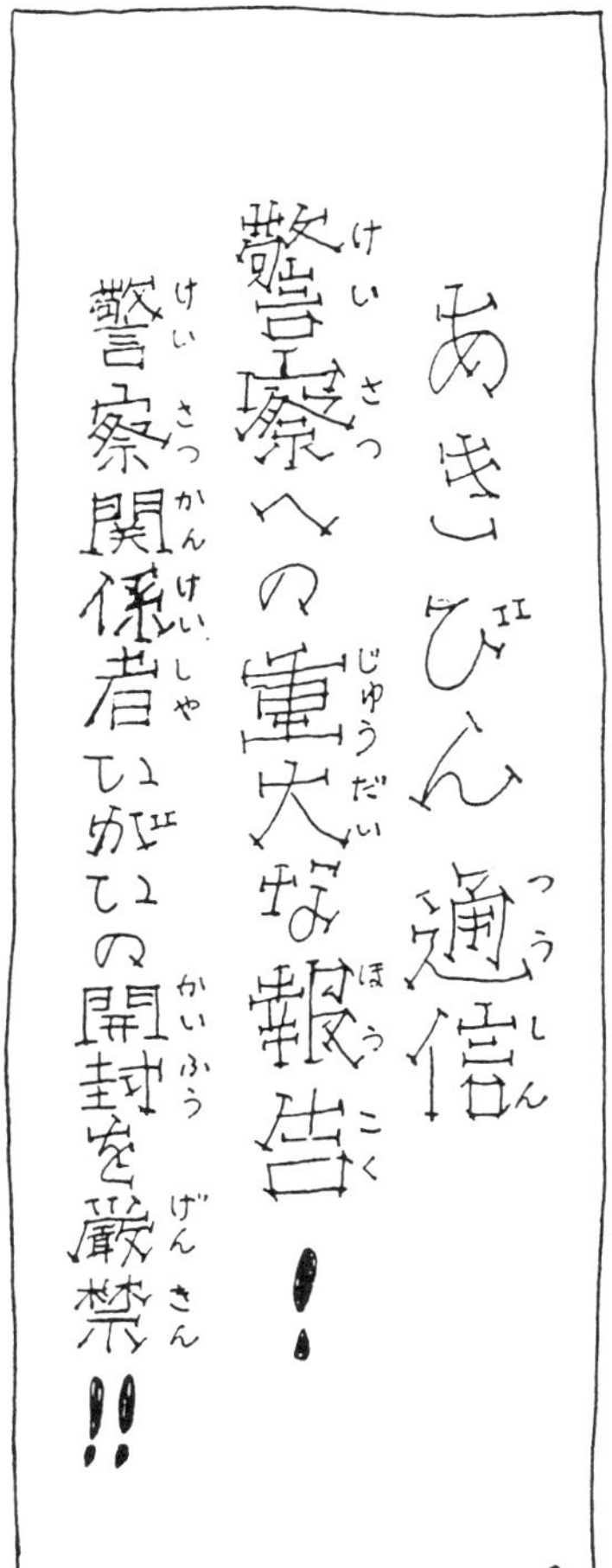

ホッツェンプロッツは、にやにやわらいながら、あごをなでました。

「禁じられたことには、おれは、かえって、二ばいもみりょくをかんずる。もちろん、お

れは、このびんをあけてみる。」

「そんなことをしてはいけません！」カスパールは、さけびました。「だって、あなたは、警察のかたではないのでしょう！」

ホッツェンプロッツは、からからとわらいました。

「おまえは、おれに、さしずをしようというのか？まあ、みておれ、こんなこと、わけはないさ！」

ホッツェンプロッツは、サーベルをぬいて、びんのまんなかを、はっしとたたいてわりました。中からまるめた紙がでてきて、下におちました。

ホッツェンプロッツは、身をかがめて、それをひろいあげると、さっと目をやりました。――すると、ひと目で、警戒のひつようなことがわかりました。

「ふたりとも、むこうをむけ！」と、ホッツェンプロッツはカスパールにどなりました。「いいか、目をつぶって、耳をふさいでいろ！」
ホッツェンプロッツは、ようやくびんからでてきた手紙を読みはじめました。それは、カスパールの提案で、おばあさんがかいたものですが、もちろん、ホッツェンプロッツは、そんなことに気づくはずがありません。

ディンペルモーザー様

臨終にあたって、わたくしは、このあきびん
通信で一つの秘密をうちあけます。
わたくしは、長い生涯をつうじて、せっせと
はたらいて　ためた　お金や黄金など　すべて

の財産を、わが町の　消防ポンプおきばの土
のなかに　うめておきました。
あなたは、どうか　警察の力でそれを
安全に保管し、まずしい人びとにわけて
やってください。さもないと　わたくしは
墓のなかで　安心してねむっていられません。
――人にしられざることを　のぞむ
されど悔いおおき　ある罪人より

〈注意〉宝物には　魔法がかけられています。
満月のさいとりだすこと。　さもないと
うまく　いきません。

ホッツェンプロッツは、目をこすり、鼻をつねってみました。たしかです。夢をみているのではないのです！

消防ポンプおきばの中に、お金や黄金の宝があるというしらせに、ホッツェンプロッツはむちゅうになって、しばらく、まわりのことなどすっかりわすれていました。そのすきに、カスパールとゼッペルは、すばやくにげだしたのです。

ホッツェンプロッツが、それに気がついたときは、しょうしょう手おくれでした。

「とまれ！」ホッツェンプロッツはさけびました。「おい、とまれ、といっているんだぞ。とまるんだ！」

コショウピストルをうつには、ふたりは、もう、あまりにも遠くにいっていました。そして、ホッツェンプロッツがあとをおいかけるようすもありません。いったい、なぜでしょうか？　いまは、カスパールやゼッペルのことなど、どうでもよかったのです。いまは、そんなことよりも、千ばいもだいじなことがあったのです。

（この紙にかいてあることは、ほんとうなんだろうか？）と、ホッツェンプロッツはかんがえました。

いったいどうして、ほんとうでないということがいえましょう？　だって、ともかく、びんには、ちゃんと封印がしてあったのです。

　ホッツェンプロッツは、手紙をまるめて、ズボンのポケットにおしこみました。（うめられた宝物のもんだいを、てっていてきにさぐってやろう。）ホッツェンプロッツはけっしんしました。（消防ポンプおきばのかぎもあることだし、むずかしいことではないぞ。それに、きょうは、ちょうど満月ときている。まさに、おあつらえむきじゃないか。）

　こんなとき、細心の注意をはらってしごとにかからねばならないのは、とうぜんのことです。消防ポンプおきばの中にはいるまえに、たっぷり時間をかけて、あたりをたんねんにていさつしておこう、と、ホッツェンプロッツはおもいました。（用心に、こしたことはないからな。）ホッツェンプロッツはかんがえました。（うまくいけば、おれは、あしたは、大金もちになって、どろぼう稼業も廃業できるかもしれない。なんとか、じゃまがはいらないように、ねがいたいものだ！）

9 三十六このボタン

カスパールとゼッペルは、ホッツェンプロッツのことがなにもかもうまくいったので、うれしくなりました。ふたりは、ホッツェンプロッツが、いかさまのあきびん通信に、まんまとひっかかったことを、うたがいませんでした。

夕がた、カスパールとゼッペルは、おばあさんに、消防ポンプおきばにとじこめてもらいました。消防ポンプおきばは、外からしか、かぎがかけられなかったので、そうしてもらうことがひつようだったのです。おばあさんは、かぎをかぎあなからぬきとると、ふたりのぶじと成功をいのりました。

「へまをやらないように、気をつけるんですよ！　あの男は、どんなことでもやりかねないやつだから。あんたたちは、なかなかりっぱな計画をたてているから、わたしは、しんぱいはしていないけどね。」

しかし、ほんとうのところは、おばあさんは、ふたりのことがしんぱいでした。ただ、そぶりにあらわさなかっただけです。

おばあさんは、このしんぱいをわすれるために、かえりに、おとなりのマイアーさんのおくさんをたずねました。マイアーさんのおくさんは、お茶とお菓子をごちそうしてくれました。ふたりの老婦人は、おしゃべりをはじめました。ふたりは、ほとんどおなじくらいによくしゃべったので、どちらもたいくつしませんでした。

時間は、とぶようにすぎていきました。おばあさんが、ようやくおみこしをあげたときには、もうかなりおそくなっていました。

おばあさんのうちの居間には、あかりがついていました。巡査部長のディンペルモーザー氏が、そこのソファーにこしをかけていました。ふとんにくるまっていて、あまりじょうきげんではなさそうでした。

「いったいぜんたい、こんなに長いあいだ、どこにいっていたんです？」

「どうかしたんですか？」と、おばあさんはたずねました。

「あなたが消防ポンプおきばからすぐかえっていたら、わしは、とっくに勤務につくことができたんですよ！　ほら、あれをごらんなさい！」

ソファーのそばのたんすの上には、あらいたての、アイロンのかかった、かわりの制服が、おいてありました。

「あなたがでかけると、すぐに……」と、ディンペルモーザー氏はいいました。「げんかんのベルがなったのです。でてみると、せんたく屋のこぞうが、外に、つつみをかかえて、たっているじゃありませんか。わしだから、とくべつ時間外にやったのだ、親方からもよろしく、と、こういうのですよ。」

「それごらんなさい！」と、おばあさんはさけびました。「よかったじゃないですか！　これで、ちょっぴりせきたてれば、なんとかなるもんだということが、わかったでしょう。ところで、わたしには、とんとなっとくがいきませんけど、なぜ、いつまでも半分はだかのようなかっこうをしていらっしゃるんですか？　制服を着たくないのですか？」

ディンペルモーザー氏は、おばあさんのほうをかなしそうにみました。

「ボタンがついていないんですよ！」と、ディンペルモーザー氏は、肩をすくめながら、いいました。「せんたく屋が、みんなもいでしまったのです。」――ディンペルモーザー氏は、制服のそばの紙ぶくろをゆびさしました。――「もしも、あなたのさいほう道具のおきばが、わかっていたら、とっくに、じぶんでつけていたんですがな……。」

おばあさんは、針さしと、ゆびぬきと、一まきのじょうぶそうな黒糸をとってきて、ディンペルモーザー氏の制服に、ぜんぶで三十六このボタンをつけることになりました。さいしょはズボンのボタン、それから上着のボタン。上着は、胸、ポケット、そで、えり、それに肩章にもつけるのです。

かなりの時間が、かかりました。なぜなら、おばあさんは、なにごとによらず、いいかげんなしごとは、だいきらいでした。

「わたしは、できるだけ早く、そしてできるだけきちんと、ぬうのです。」おばあさんはいいました。「どんなにしても、これいじょう早くはいきません。」

ようやく、三十六ばんめのボタンも、つくべきところにつきました。

ディンペルモーザー氏は、ほっといきをつきました。それから、大いそぎで服を着ました。そして、ヘルメットをかぶり、サーベルをつりました。

「おばあさん！」ディンペルモーザー氏は、口ひげをひねりながら、いいました。「わしが、あなたにどれだけかんしゃしているか、あなたは、まったくおわかりにならんでしょう！これでやっと、人間らしい気もちになりました。

それでは、これから大いそぎで、消防ポンプおきばにいきます！　カスパールとゼッペルが、へまをやっていなければいいですがね。どろぼうをつかまえるということは、ごぞんじのように、子どものあそびとは、わけがちがいますからな！」

ディンペルモーザー氏は、大またにかけてでていきました。げんかんの前で、自転車にのって、まさに出発しようとすると――そのとき、家の中から、おばあさんが、はしってでてきました。

「巡査部長さん！」おばあさんはさけびました。「巡査部長さん！」

「いったい、どうしたんですか？　わしがいそいでいることは、わかっているでしょう！」

「かぎですよ、巡査部長さん！　いったい、かぎをもっていかないのですか？」

「いったいぜんたい、なんのかぎですか？」

「消防ポンプおきばのかぎですよ！」

「なぜ、それを早くいわないんですか？　さあ、こっちへください！　一秒でもきちょうなんですよ。じゃ、いってきます！」

「いっていらっしゃい、巡査部長さん！　しっかりやってくださいよ！」

おばあさんは、げんかんのところにたったたまま、自転車のうしろの赤いランプが、夜のやみにきえていくまでみおくっていました。

（あの人が、カスパールとゼッペルをたすけに、いそいでいってくれれば、ほんとうに安心だわ）と、おばあさんはおもいました。

10 さあ、いつでも はいってこい

消防ポンプおきばの中は、まっくらでした。カスパールは、戸口の右がわに、ゼッペルは、左がわにたっていました。ふたりとも、武器として、火たたきを手にもっていました。

「はたして、ホッツェンプロッツは、くるだろうか？」と、ゼッペルはたずねました。これが、百五十七回めです。

カスパールは、こたえました。

「きっとくるとも！　それとも、きみは、あいつがかくされた宝物を、だまってみのがすとでもおもっているのかい？」

ゼッペルは、ひとりほくそえみました。

「ざんねんだな、この中がまっくらなのが！　ぼくらが、この火たたきで、あいつの頭をなぐりつけたとき、あいつが、どんなあほう面をするか、みたいもんだな……。」

「しっ！」カスパールは、ゼッペルのおしゃべりを、はげしい口調でとめました。「外に

だれかが、やってくる！」

耳をすますと、だれかが自転車で広場をとおってきて、ポンプおきばのへいのそばで、自転車をとめました。

ホッツェンプロッツが——自転車で？

「きっと、ぬすんだんだよ。」カスパールはささやきました。

そのとき、戸口をノックする音がしました。

「ふたりとも、まだ、中にいるのか？」と、ひくい声がたずねます。

カスパールとゼッペルは、音をたてないように、じっとしていました。ふたりともホッツェンプロッツの手にのって、みすみすじぶんの正体をあかすほど、ばかではありません。

「なぜ、ふたりともだまっているのだ？　わしだよ、ディンペルモーザーだよ。まっていたまえ、いま、はいっていくから……。」

（さあ、こい！）カスパールは、かんがえました。（巡査部長のディンペルモーザーさんは、きのうの昼から、ぼくんちのベッドの中にいることを、あいつはしらないらしいな！）

外で、かぎをかぎあなにさしこみ、二どまわす音がしました。

カスパールとゼッペルは、火たたきをふりあげて、いきをころしました。

注意ぶかく戸口があけられて、だれかの頭が、にゅっとはいってきました。

ふたりは、月のひかりで、てっきりホッツェンプロッツにちがいないとおもいました。予想していたとおり、巡査部長ディンペルモーザー氏の制服を着、ヘルメットをかぶっていたからです。

「さあ、いつでも、はいってこい！」

カスパールは、火たたきで、ホッツェンプロッツのヘルメットをめがけて、なぐりつけました。そのあとは、ゼッペルがひきうけました。

「これで、どうやらつかまえたぞ！　――つぎは、どうする？」

「服をぬがせるんだ。そして、ホースをこっちへよこせ！」

つかまった男は、うつぶせになったまま、うごきません。

カスパールは、ゼッペルのたすけをかりて、男から制服をぬがせました。つぎは、いうまでもなく、くつと、くつ下です。それから、男のからだに、下から上にむかって、消火ホースをぐるぐるまきつけ、さいごに、からっぽのバケツを頭にかぶせました。

「巡査部長のディンペルモーザーさんとおなじめにあわせてやるんだ！」と、カスパールがせつめいしました。

すると、ゼッペルもいいました。

「まったく、そのとおりだ！」

消防ポンプおきばの戸口があいていて、月がさしこみ、みんなをてらしました。

カスパールとゼッペルは、つかまえた男を、いちばんおくのすみに、ひっぱっていきました。ディンペルモーザー氏がよこたわっていた、あのかべと消防自動車とのあいだの、ちょうどおんなじところです。

「こいつも、ひとりでは、ここからにげられないよ。」

カスパールはいいました。「ぼくは、これから、やつがぬすんだものをもって、うちに、ひとっぱしりいってくる。きみはここにのこって、番をしていてくれ。」

「よし」と、ゼッペルはいいました。「まさかのときのために、火たたきを、用意しておく。

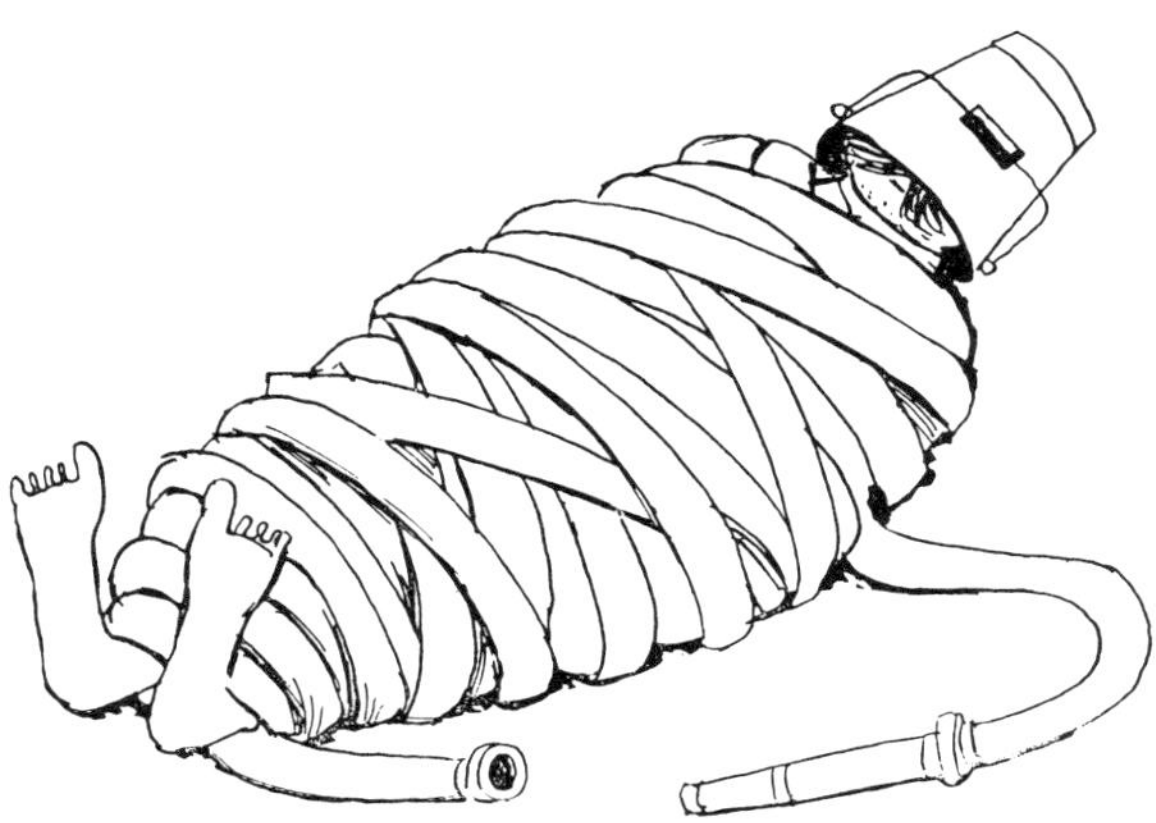

そしてもしも、ホッツェンプロッツがにげようとでもしたら……。」

ここまでいって、ゼッペルは、おもわず、ことばをきりました。外からだれかが、ポンプおきばの戸口を、パタンとしめたからです。

ふたりは、ふたたびくらやみの中にたつことになりました。かぎあなの中で、かぎがかかる音がしました。一ど、また一ど。

「もしもし！」カスパールはさけびました。「どうしたんですか？　この中に、人がいるんですよ！」

カスパールは、にぎりこぶしで戸口をたたき、足でけりました。

「あけてください！　あけてください！」

へんじのかわりに、格子まどから、ものすごいわらい声がきこえてきました。

ふたりは、じっとしていられなくなりました。まどのところに、ヘルメットをかぶった頭がみえました。あかるい夜空に、くっきりと、うきあがってみえるのです。ホッツェンプロッツが、もうひとり！

「おい、ふたりのあきびん通信者たちかい？」

カスパールとゼッペルは、なんだか、わるい夢でもみているようです。あのまどのところにいるのは、ホッツェンプロッツではないでしょうか？　でも、あいつは、さっき消火ホースをまきつけてやったばかりです……。

「どうだ、こんなことになろうとは、おもいもおよばなかっただろう？」

これは、たしかにホッツェンプロッツです！　まぎれもないホッツェンプロッツの声です。

「おまえたち、このおれをだまそうとおもったら、もっとぬけめなくやらなきゃだめだぜ！　こちとら、そんなとんまとは、わけがちがうからな。このおれは、学のある大どろぼう、そして、おまえたちは、うまれながらの大まぬけ、へ、へ、へ、へへへ！」

カスパールとゼッペルは、もう世の中がわからなくなりました。

「でも、ぼ、ぼくらは、あんたを……」と、ゼッペルはどもりました。「ぼ、ぼくらは、あんたを、さ、さっき、火、火たたきで、や、やっつけ……、そ、それから……。」

「それから、ホースをまきつけたんだ！」と、カスパールがさけびました。

「おれにだって？」と、ホッツェンプロッツは文句をつけました。「そんなことがあってたまるか！　いいか、よくおぼえておけ。おまえたちなんかに、ホースをまかれたりするような、おれさまじゃないということを！　おまえたちは、いまじぶんは、ベッドの中でけっこうな夢でもみているのが、いちばんおにあいだろうぜ――おれのために、どこかのポンプおきばの中にうめてある、宝物の夢とか――あるいは、カスパールのばあさんの夢でも……。」

「おばあさんのことは、かまわないでください！」カスパールは、ふんがいしてさけびました。

「かまわないどころか！」と、大どろぼうホッツェンプロッツはいいました。「ばあさんのことでは、こちとらにも、どっさり計画があるんだ。ばあさんのことにとりかかるのは、これからが、いよいよ本番というところだぜ、へ、へ、へ、へへへ！」

11

なさけあるおかた

ホッツェンプロッツは、消防ポンプおきばがちゃんとしまっているかどうか、たしかめると、ディンペルモーザー氏の自転車にとびのりました。そして、カスパールとゼッペルがたすけをもとめているあいだ（しかし、こんな時刻に、そんなことをしても、まったくむだでした。だってそうでしょう、この小さな町の人びとはみんなねむっていて、だれの耳にもはいりっこありませんもの）、ホッツェンプロッツは、しずかなとおりをとおって、おばあさんのうちまで自転車をはしらせました。

おばあさんは、まだおきていました。

おばあさんは、あみもので時をまぎらしていました。二目おもてあみ、二目うらあみ——二目おもてあみ、二目うらあみ……と、あんでいました。

ホッツェンプロッツは、まどから中を、そうっとうかがっていました。そして、おばあさんがあみおわるのをまって、ガラスをノックしました。

「しっ！　おばあさん！」

おばあさんは、あんだくつ下を、わきにおきました。

「どなた？」

「わしだ。」ホッツェンプロッツは、ひくいつくり声でいいました。「こっちへ、きてください、わしですよ！」

「ああ、あなたですか！」おばあさんは、ホッツェンプロッツを巡査部長ディンペルモーザー氏とおもったのです。「なぜ、もう、かえっていらしたんですか？　――カスパールとゼッペルは、どうしているんですか？」

「あの子たちは、ポンプおきばでまっています」と、ホッツェンプロッツはささやくようにいいました。

「つかまえたやつといっしょに？」

「つかまえたやつといっしょです。」

「それじゃ、万事うまくいったんですね？」

「そりゃもう、おもいどおりに。」

「まあ、よかったですわね！　で、おはいりにならないんですか？」

「それより、あなたのほうから、でてきてください。」

ホッツェンプロッツはいいました。

「ぼうしをかぶるのを、わすれないで。すこし長くなるかもしれませんから。あなたに、

ホッツェンプロッツと対決していただこうとおもうのです。あいつのことが、こわくはありませんか？」

「巡査部長さんがいらっしゃれば――けっしてこわくなんかありませんとも！」

おばあさんは、さむいといけないので、あたたかいウールの肩かけをはおって、いそいで外にでました。

ホッツェンプロッツは、挙手のけいれいをしました。

ホッツェンプロッツは、月を背にしてたっていたので、おばあさんに気づかれるのを、しんぱいするひつようはありませんでした。

「自転車できたのです。」ホッツェンプロッツは、ひくい声でいいました。「このほうが早いですから。それに、あなたにとっても、このほうがらくでしょう。」

おばあさんは、手を耳にあてました。

「巡査部長さん、おっしゃることが、よくわかりません。もうすこし大きい声ではなしてくださいな！」

「ざんねんながら、そうはいかんのです。」ホッツェンプロッツは、さっきとおなじように、ひくい声でこたえました。「ご近所のためですよ。おわかりでしょう。わが町民の夜の休息をまもることは、わしにとって神聖なつとめなんです。」

「まあ、いいことをおっしゃるじゃありませんか」と、おばあさんはいいました。「そのおことばでも、あなたがなさけあるおかただということがわかります。ホッツェンプロッツのようなやつなら、けっしてそんなことはいわないでしょう！」

12 工事現場のじゃり

巡査部長アロイス・ディンペルモーザー氏の制服を着た、大どろぼうホッツェンプロッツは、ぬすんだ警察の自転車にカスパールのおばあさんをのせ、ねしずまった町の中をはしっていきました。

おばあさんは、自転車の荷台によこむきにのって、りょう手でサドルにしっかりつかまっていました。さいしょは、すこし不安でしたが、そのうち、自転車にのっているのが、だんだんおもしろくなってきました。

「まあ、かんがえてもごらんなさい。」おばあさんは、くすくすわらいました。「わたし、自転車にのるのは、これが、うまれてはじめてなんですよ！　わたしがむすめのころは、まだ自転車はありませんでしたからね。そして、そのあとでは、もう自転車にのるきかいなぞなかったのです。あなたのおかげで、自転車のあじをおぼえました。この年になって自転車を買ったものかどうか。——あなたは、どうおもいになります？」

　ホッツェンプロッツは、ひくい声で、「いいかんがえですね」とか、「すてきだとおもいますよ」とか、ぼそぼそこたえました。しかし、心の中では、（しめた、このぶんなら、まだとうぶん、うまくいきそうだわい……）と、おもっていました。

　いくらなんでも、つぎの交差点では、おばあさんも、いく方向がちがっていることに、気がつくにちがいありません。

　しかし、ほんもののどろぼうなら、どんなじょうたいにおかれても、きりぬけていくことを、こころえているものです。

「おばあさん、気をつけてくださいよ！」ホッツェンプロッツは、ひくい声でいいました。

「ここから工事現場で、じゃりがありますからね。——そこを自転車でとおるとき、じゃりが顔にとびかかってきます。しばらく、めがねをはずして、目をつぶっていたほうが、いいですよ。わかりましたか？」

「まあ、ごしんせつに——ありがとう！」

おばあさんは、鼻からめがねをはずして、目をとじました。そして、心の中で、じぶんが自転車にのって、さっそうと町の中をはしっていくさまを想像しました。（とおりであう人たちは、みんな、わたしのほうをふりむいては、びっくりした顔でみおくることでしょう。）

こんなたのしいおもいにひたりながらも、おばあさんは、もちろん、わすれずに、ときどき、工

事現場はまだおわらないのですか、と、きくのでした。

「ざんねんながら、まだです！」と、ホッツェンプロッツは、そのたびにこたえるのでした。「めがねは、まだしばらく、はずしていたほうがいいですよ。じゃりは、ばかにできませんからね。」

こうして、おばあさんは、だまされていることに気づくのが、すっかりおそくなってしまったのです。

おばあさんがおかしいとおもって、めがねをかけたときには、町のはずれの家いえは、もうかなりうしろのほうにありました。そして、自転車はちょうど、国道をそれて、森の中にはいっていくところでした。

「もしもし！」おばあさんはさけびました。「巡査部長さん、いったい、どこへいくんですか？　なぜ消防ポンプおきばにいかないんですか？」

「それはだな！」と、大どろぼうホッツェンプロッツは、あらあらしい声でいいました。

ホッツェンプロッツは、いつものちょうしにもどって、大声でいったのです。そこで、おばあさんもすぐに、これはあやしい、とおもいました。

「前のおかた、まあ、わたしのいうことをきいてください！」と、おばあさんはさけびました。「もしや、あなたは、巡査部長のディンペルモーザーさんではないのではないですか？」

ホッツェンプロッツは、わらいながら、自転車をはしらせました。

「気がつくのがおそすぎたよ」と、ホッツェンプロッツはいいました。「おれがほんとうはだれだか、あててみるんだな！　へ、へ、へ、へへへ！」

おばあさんは、ふんがいしてさけびました。

「この地方で、こんなはれんちなことをやりそうなやつといえば、わたしは、ひとりしかしらないわ。――つまり、それがあんたよ！　いったい、あんたは、このわたしを、どうしようというの？」

「ゆうかいだよ。」

「わらわさないでちょうだい！　たすけをよぶわよ！　――たすけてー！　た、す、け、てー！　ゆうかいされそうなの！　たすけてー！　た、す、け、てー！」

「さけびたいだけ、ゆっくりとさけぶがいい。」大どろぼうホッツェンプロッツはいいました。「この森の中に、きいてくれるものなど、だれもいやしない。どんなにがなりたてたところで、せいぜい、のどがいたくなるくらいが、おちだぜ。」

それは、ざんねんながら、ホッツェンプロッツのいうとおりでした。

おばあさんは、二、三どしゃくりあげ、なみだにむせびながら、いいました。

「はじをしりなさい、ホッツェンプロッツさん！　わたしは、よるべない老婆ですよ。あんたは、この場で、さっそくあやまって、わたしをうちにつれてかえりなさい。」

ホッツェンプロッツは、声をたててわらいました。

「よし、いいわ！」おばあさんはいいました。「あんたが、わたしをつれてかえってくれないのなら、わたしは、さっそく自転車からとびおりて、じぶんであるいてかえるから。」

「どうぞ、ごずいいに！」ホッツェンプロッツは、つぶやくようにいいました。「だいいち、そんなことは、その年ではきけんだし、それに、その足では、そんなにあるけるわけがないよ。」

これも、ざんねんながら、ホッツェンプロッツのいうとおりでした。

（いまはもう）と、おばあさんはかんがえました。（そこの自転車ポンプで、この男の頭をなぐるほかはないわ。）

そのポンプは、荷台からくにとることができました。おばあさんは、それをふりあげて、なぐりつけました。

ドスンと音がしたので、おばあさんは、心がきりきりっといたみました。――しかし、ホッツェンプロッツは、まるでなにごともなかったかのように、自転車をはしらせていくではありませんか。

「ばあさん、むりはしないことだよ」と、ホッツェンプロッツはいいました。「そうだな――おれの頭には、ヘルメットがのっかっていることを、わすれちゃいけないよ。警官のヘルメットがな。」

おばあさんは、これじゃ、なるほど、なにかやろうとしても、むだだということに、気がつきました。そして、いっそのこと、ポンプを遠くへほうりなげてやろうと、決心しました。

ところが、よくかんがえてみると、ポンプは、ほんとうは巡査部長のディンペルモーザーさんのものです。

おばあさんは、けっきょく、ポンプをほうりだすことは、やめにしました。

13 バックして

カスパールとゼッペルは、つかまえた男のホースをほどきました。あわれなディンペルモーザー氏のすがたに、ふたりは、むねがひどくいたみました。

ふたりは、ディンペルモーザー氏が制服を着るのをてつだいながら、じぶんたちのおもいちがいから、すっかりひどいめにあわせてしまって、ほんとうにすみませんと、十二回いじょうも、あやまりました。

「ほんとうは」と、カスパールは重大そうにいいました。「こうなったのは、まったく、せんたく屋さんがわるいんですよ。制服がこんなに早くできるなんて、だれも、おもいませんからね。」

「そうかな」と、ディンペルモーザー巡査部長は、ぶつくさいいました。「人生というものは、もともと大部分がおもいがけないことなんだ。ホッツェンプロッツは、運のいいやつだ。べつに、かしこいわけではないんだよ。

きみたちは、まったく、このわしをひどいめにあわせてくれた、と、いいたいところだが……。まあ、それは水にながすことにしよう！　すこしでも気もちよさそうなところをさがして、よこになろうじゃないか。あしたの朝になったら、だれかがやってきて、われわれを、ここからだしてくれるだろう。」

「あしたの朝ですって？」カスパールは、はんたいしました。「そんなにまってはいられませんよ！」

「いったい、どうしてだい？」

「おばあさんのことがあるからです」と、ゼッペルがいいました。「ホッツェンプロッツが、おばあさんをどうにかしようとしているのです。あいつが、それをぼくたちに、じぶんからもらしたんですよ。」

「だから、ぐずぐずしてはいられないのです」と、カスパールはせきたてました。「すぐに、ここからでていかなくちゃ！」

ディンペルモーザー氏は、もちろん、しょうちしました。

三人は、力をあわせて、戸口をゆすぶってみました。まどの格子のぼうを、まげようと

してみました。かべをたたいて、うすいところをさがしてみました。――しかし、すべてはむだでした。

「しきいの下を、ほってみてはどうでしょう？」と、ゼッペルはいいました。「というのは、あそこにいいものをみつけたので……。」

ゼッペルは、ポンプおきばのすみのほうから、シャベルを二本と、つるはしを一本ひきずってきました。

「これでなんとかやれるでしょう！」

この作業はかんたんではないことが、わかりました。この方法では、自由の身になれないことを、ホッツェンプロッツは、しっていたのかもしれません。

消防ポンプおきばのゆかは、まるで石のようにかたく、そのうえ、入り口と消防自動車とのあいだは、たいへんせまくて、いつもひとりしか、しごとができません。そのひとりも、うごくたびにどこかにぶつかるので、なかなかほねがおれるのでした。

「どうだろう」と、ディンペルモーザー氏が、しばらくしてから、いいました。「この自動車を、すこしうしろへさげてみては？　うしろが、すくなくとも一メートルはあいている！」

「それができればいいですが。」カスパールはいいました。「自動車は、ぼくたちにはおもすぎるとおもいますよ。」

「おもすぎるって？」巡査部長はわらいました。「自動車にはエンジンがあるということを、わすれちゃこまるよ。だから、ちょっとバックすればいいんだ。」

「それで——点火キーは？」と、ゼッペルがたずねました。

「なんでキーがいるんだ？」と、ディンペルモーザー氏はいいました。「手まわしクランクでやればいい！　手まわしクランクは、運転台の下にある。いつもそこにおいてあるんだ。なにごとも用意がかんじん、わかったな。——ことに、消防自動車はそうなんだ！」

ディンペルモーザー氏は、サーベルをはずすと、自動車によじのぼり、運転台にこしをおろしました。それから、ふたりに手まわしクランクをわたしました。

「さあ、やってくれ！」

カスパールとゼッペルは、消防自動車の前にいって、いっしょうけんめいクランクをまわしました。一回まわし、二回まわしました。四回めには、ふたりは頭をこっつんこしました。六回めには、クランクがはねもどって、ゼッペルの左のおやゆびにあたりました。

「あきらめちゃだめだぞ！」ディンペルモーザー氏は、ふたりをはげましました。「いいか、きみたちのうでには、スモモジャムがかかっているんだぞ！」

スモモジャム？

カスパールとゼッペルは、歯をくいしばって、クランクをまわしつづけました。十二回めに、やっとかかりました。大きな音で、エンジンがうごきはじめました。

ディンペルモーザー氏は、バックにいれて、ガスをふかしました。

消防自動車は、その場からうごきません。

「ハンドブレーキ！」と、カスパールとゼッペルが、さけびました。

「なに？」ディンペルモーザー氏は、ききかえしました。「この音で、なにもききとれないんだ！」

「ハーンド、ブレー、キー！」

ようやく、ディンペルモーザー氏はわかりました。ハンドブレーキを、ゆるめました。――すると、つぎのしゅんかん、消防自動車が、どっと大きく、うしろへうごきました。

ドタン――ガタン――ドシン！ 消防ポンプおきばが、大きくゆれました。

やにわに、カスパールとゼッペルの目と口が、すなだらけになりました。

ふたりは、ぱっと身をふせました。カスパールは、鼻を油のたまりにぶつけ、ゼッペルは、ぼうしをとばされて、頭をれんがにぶつけました。

消防ポンプおきばの中が、またきゅうに、もとのしずけさにかえりました。ディンペルモーザー氏が、エンジンをとめたのでした。

「こりゃ、しまった！」と、ディンペルモーザー氏は、すっかりとりみだして、さけびました。

「どうも、まちがって、すこしやりすぎたらしい。――まさか、こんなことになろうとは！」

カスパールとゼッペルは、おきあがりました。

消防自動車は、消防ポンプおきばのうしろのかべをつきぬいたのでした。うしろの車輪は戸外にでて、のどかに月光をあびていました。

かべにあいたあなをとおって、三人は、自由に外にでることができました。

「すごいじゃありませんか！」と、カスパールはいって、ディンペルモーザー氏と、あくしゅしました。「まるで、あつらえたようになっちゃった！」

14 ともかく、エンジンは　かかっている

ディンペルモーザー氏は、おばあさんのことが気になるので、自転車でさきにいこうとおもいました。――ところが、ざんねんなことに、その自転車がなくなっているのです。

「まことにけしからん！」と、ディンペルモーザー氏はさけびました。「あのやろう、制服だけでなく、警察の自転車までも、ぬすみゃあがった！　こんなけしからんことって、あるだろうか？」

「いきましょう！」と、カスパールはせきたてました。「うちにかえらなくちゃ！」

「それも、いそいで！」と、ゼッペルがつけくわえました。

「そうだ、消防士のようにいそいでだ！」と、ディンペルモーザー氏はいいました。〈消防士のように〉というのが、たとえではなく、ほんとうだったので、カスパールも、ゼッペルも、だんぜんうれしくなりました。

「つまり、一つには、急をようすることだし、二つには、わしの自転車がなくなっている

ので」と、ディンペルモーザー氏はことばをつづけました。「消防自動車にのるほかはないのだ。さあ、エンジンをかけるんだ！」

ディンペルモーザー氏は、車をまわすことができるまで、バックさせました。

なかよしのふたりが、消防士の席によじのぼったかとおもうと、もう、自動車は発車しました。

左にまがり、右にまがり、市場をとおりぬけ、町役場のそばをすぎると、駅通りを全速力でくだっていきました。

カスパールとゼッペルは、まるで、ジェットコースターにのっているような気がしました。ジェットコースターにのって、とくべつおもしろいとおもうことを、すべて、ふたりは、いま、あじわうことができました。

耳がんがんすることも、おなかがむずむずすることも――そして、一秒で、体重が十キロもへったかとおもうと、またつぎの一秒で、十五キロもふえたような気もちになることも、あじわうことができました。ディンペルモーザー氏が、それを、たいへんじょうずにやったのでした。

ざんねんなことに、このたのしみも、わずかなあいだしか、つづきませんでした。

やがて、ブレーキが、キーと、かかったのです。

カスパールとゼッペルは、運転席(うんてんせき)のよりかかりに、ぱたんとぶつかりました。

「さあ、おりた、ついたんだぞ！」

おばあさんのへやに、あかりがついて

いるのをみて、みんなは、ほっと、胸をなでおろしました。

　でも、それだけに、おばあさんのすがたが、家のどこにもみあたらなかったときの、みんなのおどろきは、いっそう大きかったのです。

　ディンペルモーザー氏は、ひたい

にしわをよせました。

「おばあさんは、つれていかれたんだ」と、ディンペルモーザー氏は、ぶつくさいいました。「自転車やわしの制服が、もっていかれたようにだ。」

カスパールは、びっくりしました。

「それじゃ、ホッツェンプロッツに、りゃくだつされたとでも、おもっていらっしゃるのですか？」

「りゃくだつだって？」ディンペルモーザー巡査部長はいいました。「おばあさんは、りゃく、だつとはいわない。ゆうかいというのだよ。」

ディンペルモーザー氏は、あごをつきだし、サーベルをガチャガチャならしました。

「われわれは、ただちに探索にかからなければいけない！」

「なんに、かかるんですって？」

「探索にだ！　探索とは、犯人をたいほし、おばあさんを救出するために、われわれがしなければならないすべてのことをいうのだ。ともかく、エンジンはかかっている。全員乗車、出発だ！」

消防自動車をとばして、三人は、この地方いったいを、ほうぼうさがしまわりました。北に南に、西に東に、そして、本通りも、うら通りも、野道も。

しかし、大どろぼうホッツェンプロッツと、おばあさんのゆくえをさがす手がかりは、かいもくつきません。

夜中の一時半ごろ――運わるく、ちょうど森のまんなかでしたが――ガソリンがなくなってきました。エンジンのちょうしが、へんになってきたかとおもうと、やがて、うごかなくなって、自動車はとまったのでした。

「ガソリンまでもきれてしまった！」と、ディンペルモーザー氏は毒づきました。「きょうは、ほんとうに、こんなめにまであわなければならないのか！」

三人は、消防自動車を森の中にのこしたまま、町まであるいてかえりました。

三時すこしすぎに、カスパールとゼッペルは、つかれはてて、ベッドの中にころげこみました。ふたりは、ものすごくつかれていたので、もう、服を着がえることができません。上着もズボンも、くつ下もくつも、カスパール帽もゼッペル帽も、なにもかも身につけたまま、ねむってしまいました。

15

五百五十五マルク五十五ペニヒ

あくる朝十一時――カスパールとゼッペルは、まだ死んだようにねむっていましたが――巡査部長ディンペルモーザー氏は、リューベザーメン氏の事務所をたずね、昨晩の消防ポンプおきばと消防自動車のじけんを報告しました。

「どうか、わるくおもわないでください。――あのときのじじょうでは、ほかに、しようがなかったのです。追跡につかったガソリンは、もちろん、警察でばいしょうします。そして、消防ポンプおきばのうしろのかべについては、しゅうぜんのための、募金をおこなったらどうでしょう。たとえば、つぎの消防舞踏会のおりにでも。」

リューベザーメン氏は、すべてをりょうかいし、なん人かの消防士で消防自動車を町にもってかえるようにはからうことも、やくそくしました。

「ただ、大どろぼうホッツェンプロッツをつかまえることができなかったことは、ざんねんでしたね!」と、リューベザーメン氏はいいました。

「なあに、だいじょうぶですよ。」ディンペルモーザー氏はいいました。「あいつは、われわれのかけたあみから、どのみち、のがれられはしません。もう、つかまったもどうぜんです。もっとも、それにはまず、探索がスムーズにおこなわれることがひつようですが、おわかりでしょう……。」

ディンペルモーザー氏は、リューベザーメン氏にわかれをつげると、ひきつづき、町の中を一まわりして、どこにもかわったことはないか、みてまわりました。そして、もんだいはないとおもったので、お昼ごろ、カスパールとゼッペルのところに、かえっていきました。

ふたりは、まだ朝ごはんもたべず、たいそう、こうふんしていました。

「どうかしたのかね?」と、ディンペルモーザー氏はたずねました。

カスパールとゼッペルは、ふたりともどうじにはなしはじめました。ものすご

く大きな声で、そして、ひじょうに早口に。

ディンペルモーザー氏には、さっぱりわかりません。まるで、中国語ではなされているもどうぜんでした。

「やめたまえ！」ディンペルモーザー氏はさけびました。「やめたまえ、なにがなんだか、さっぱりわからないじゃないか！」

どんなにさけんでも、効果がなかったので、ディンペルモーザー氏は、よびこを口にくわえて、ピリピリーッと、つよくふきならしました。すると、ようやく、カスパールもゼッペルもだまりました。

「ええい、しずかに！　なにかいいたいことがあるのなら、ちゃんとひとりずつ、かわりばんこにいってもらおうじゃないか！　——じゃ、はじめたまえ！」

じっさい、カスパールとゼッペルが、むちゅうになるだけのりゆうはあったのです。いまから十五分ばかりまえに、郵便配達夫がベルをならし、まだねていたふたりをおこして、速達をわたしていったのです。

「速達だって？」ディンペルモーザー氏はたずねました。「だれから？」

「そんなことはないとおもわれるでしょうが――ホッツェンプロッツからです！」

カスパールは、ディンペルモーザー氏にその手紙を読むようにわたしました。手紙は、ふるいカレンダーの紙のうらに、赤いインクで、かなくぎ流の字で、かいてありました。

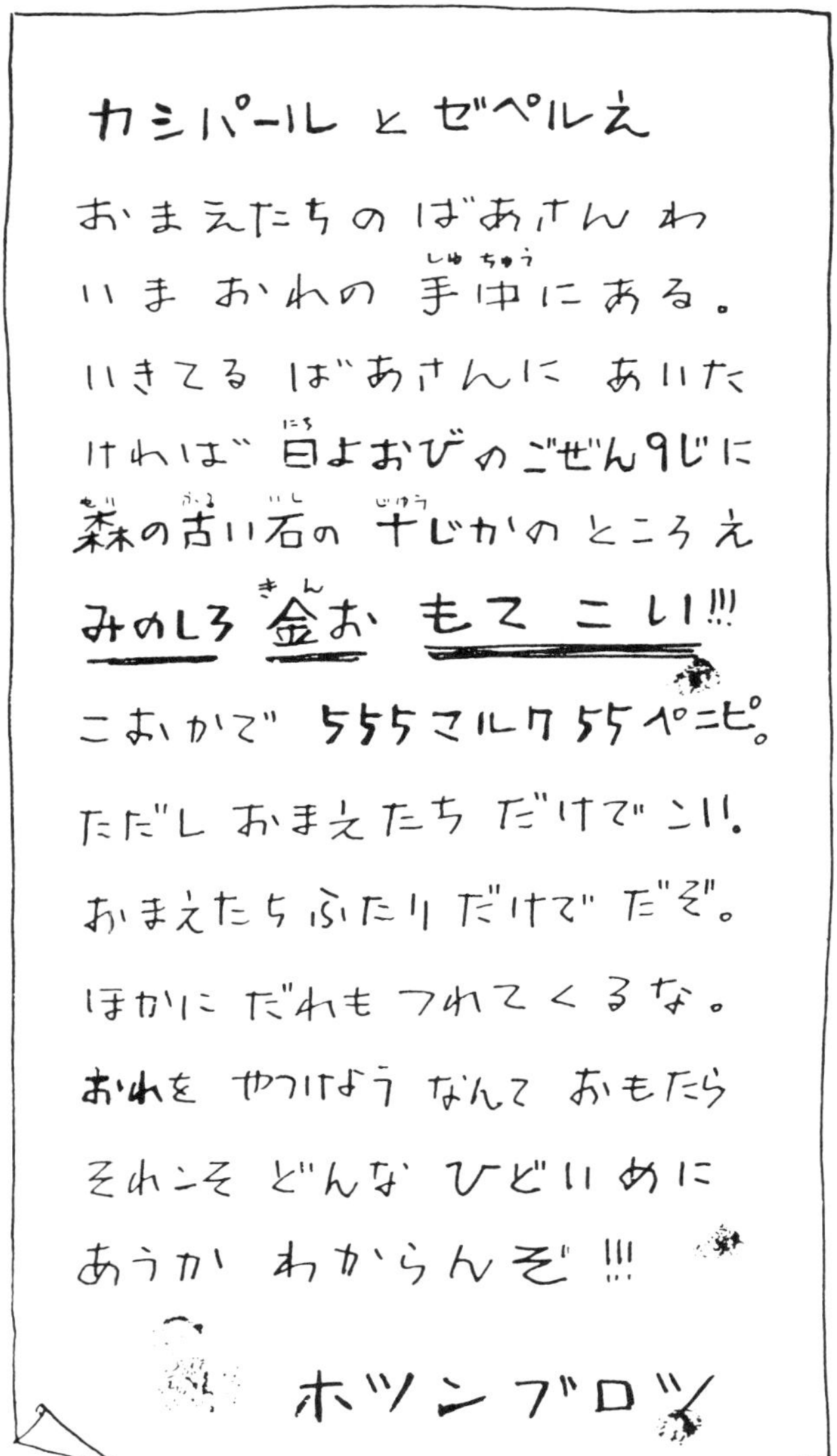
カシパール と ゼペルえ
おまえたちの ばあさん わ
いま おれの 手中に ある。
いきてる ばあさんに あいた
ければ 日よおびの ごぜん9じに
森の古い石の 十じかの ところえ
みのしろ金お もて こい!!!
こおかで 555マルク55ペニヒ。
ただし おまえたち だけで こい!
おまえたち ふたりだけで だぞ。
ほかに だれも つれて くるな。
おれを やつけよう なんて おもたら
それこそ どんな ひどいめに
あうか わからんぞ!!!
ホツンプロツ

ディンペルモーザー氏は、この手紙は、じぶんの長い警官生活ちゅうにまいこんだ手紙のなかでは、もっともはれんちな手紙だ、とおもいました。

「じぶんの名前もろくにかけない、やくざなやつの、ゆすりの計画なぞ、ぶっつぶしてしまおう！」ディンペルモーザー氏は、いかりにもえてさけびました。「あいつが、あした、ふるい石の十字架にきたところを、たいほするんだ！　わしは、さっそく、市の警察に電話して、すくなくとも十二人の警官をはけんし、やつをひきとって、拘留するように、手配する。――そのことを、わしは、きみたちにやくそくするぞ！」

カスパールは、この提案をあまりよろこびませんでした。

「だめですよ、巡査部長さん！」

「だめだって？」ディンペルモーザー氏は、たずねました。「どうしてだめなんだ？」

「おばあさんのことがあるからですよ」と、カスパールはいいました。「ホッツェンプロッツがじぶんの身のきけんをかんづいたら、おばあさんが、あぶなくなりますよ。」

「ふーん。」ディンペルモーザー巡査部長は、うなりました。「それじゃ、きみたちは、お金をだすのか？」

「ほかに方法がありますか？」カスパールは、肩をすくめながら、いいました。「おばあさんは、五百五十五マルクにはかえられないとおもいますが――それとも？」

「五百五十五マルク五十五ペニヒだ！」ゼッペルが、訂正しました。「ぼくたちが、二週間まえに町長さんからごほうびにいただいたのと、ぴったりおなじ金額です。――おかしな話じゃないですか？」

　ディンペルモーザー氏は、ソファーにドスンとこしをおろしました。そして、ヘルメットをぬぐと、ハンカチでヘルメットの中のあせをふきました。

「どうもそいつは気にくわんな。」ディンペルモーザー氏は、ぶつくさいいました。「あした、わしが、きみたちのあとを用心しながらつけることぐらいは、すくなくともしょうちしてくれるだろう？　そうすれば、遠くからようすをみていて、いざというばあいには、ふみこむことができるから……。」

「やめてください！」カスパールはいいました。「ホッツェンプロッツをばかにできないことは、われわれ三人とも、よくしっているじゃありませんか！　あいつが、ゼッペルとぼくだけにこいといっているいじょう、それをまもらなくちゃいけません。ぼくたちは、

いま、あいつの手中ににぎられているんです、ほかにどうしようもないのです。」

「それなら、きみたちに、もしものことがあったばあいは、どうなるんだ？」ディンペルモーザー氏は、不平そうにいいました。「きみたちがぶじにかえってこられることを、いったいだれが、わしに保証するのか？」

カスパールは、いっしゅん、へんじをためらいました。

「それは、なりゆきをまつほかはありません」と、カスパールは、やがていいました。「ぼくたちは、千里眼ではないんですから……。」

「千里眼――ではない、だって？」

ディンペルモーザー巡査部長は、とびあがって、カスパールの肩をつかみました。

「カスパール！」と、巡査部長はいきおいよくさけんで、いいました。

「きみはわしに、いいことをおもいださせてくれたよ！　非常なばあいは、非常な手段をつかわなければならん。——わしは、シュロッターベック夫人のところにいってみるとしよう！」

16
シュロッターベック夫人

シュロッターベック夫人は、森のそばの、ふるい、かなりいたんだ、一けんの小さな家にすんでいました。

家のまわりは、高い、イバラのいけがきで、かこまれていました。

庭にはいる門に、つぎのような表札がかかっていました。

その下に、手のはばぐらいはなして、赤でふちどった注意がきがとりつけてありました。

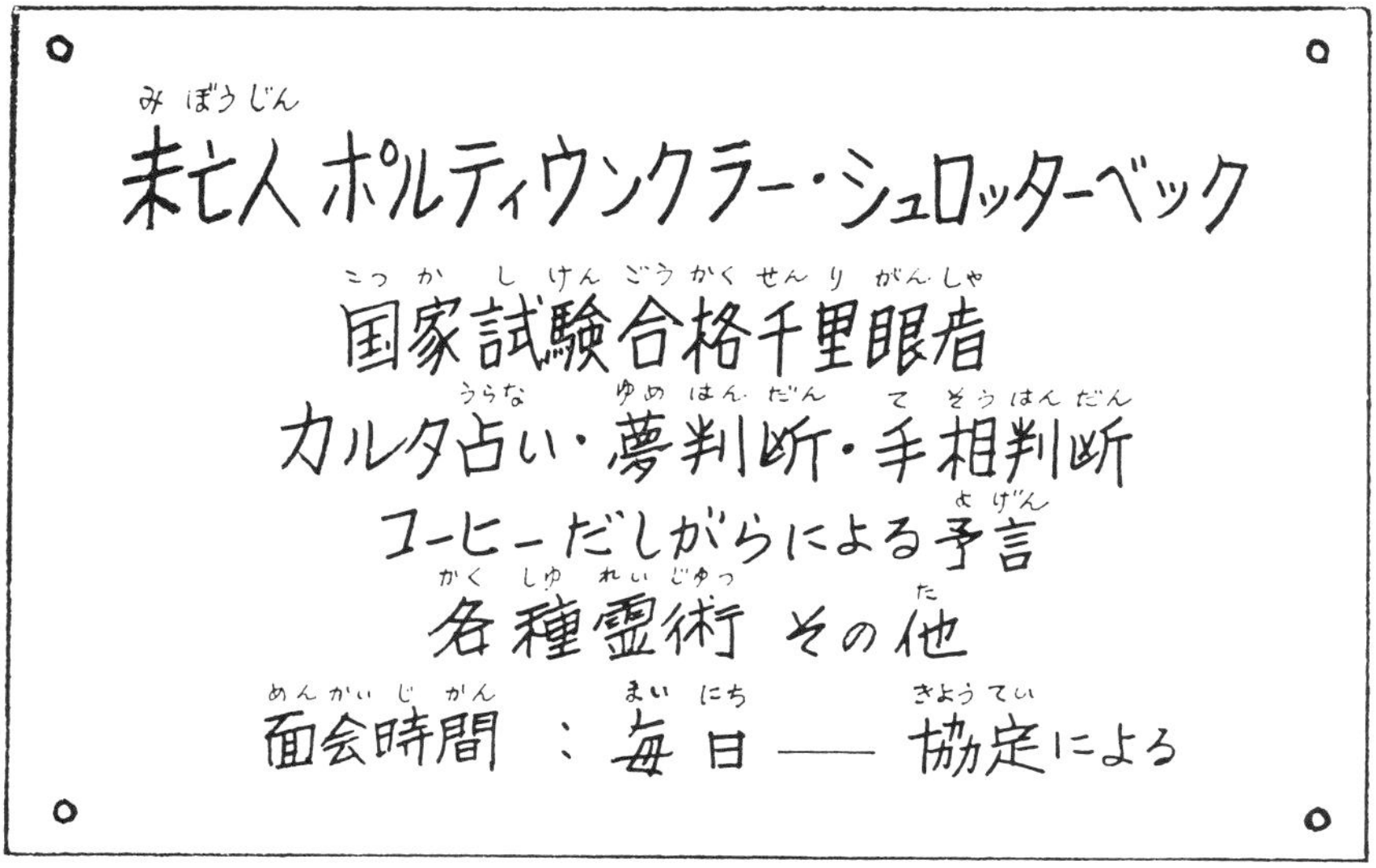

ディンペルモーザー氏は、庭の門のそばのりんをひっぱりました。

すると、つぎのしゅんかん、中で、犬がほえだしました。――そのほえかたが、あんまりすごいので、さすがの巡査部長さんも、おもわずあとずさりをし、サーベルに手をかけました。

巡査部長は、シュロッターベック未亡人をまっているあいだ、この町には、まだ、夫人の犬をみかけたものはだれもいないということを、おもいださずにはいられませんでした。

それというのも、夫人は、犬を、日中は、ヤギ小屋のようなものの中にとじこめておくのがつねで、夜しか、庭にはなさなかったからです。

しかし、そんなことは、けっきょく、夫人がすきなようにしていいのです。かんじんなことは、その犬の畜犬税をはらうことです。――夫人は、そのつとめを誠実にはたしていました。

ディンペルモーザー氏は、しばらくまって、二どめのりんをならし、それからまた、三どめをならしました。シュロッターベック夫人は、るすなのでしょうか？

「夕がた、もう一どきてみよう……。」

ディンペルモーザー氏が、ちょうどたちさろうとしたときです。とびらのきしる音がして、シュロッターベック夫人が、足をひきずりながら、庭をやってきました。

シュロッターベック夫人は、ほんとうは、ブヨブヨベック夫人といったほうがよさそうでした。なぜなら、この人は、ぜんたいがなんとなくまるっこくて、ぶよぶよしているからです。もちろん、顔もそうでした。なにしろ、六重

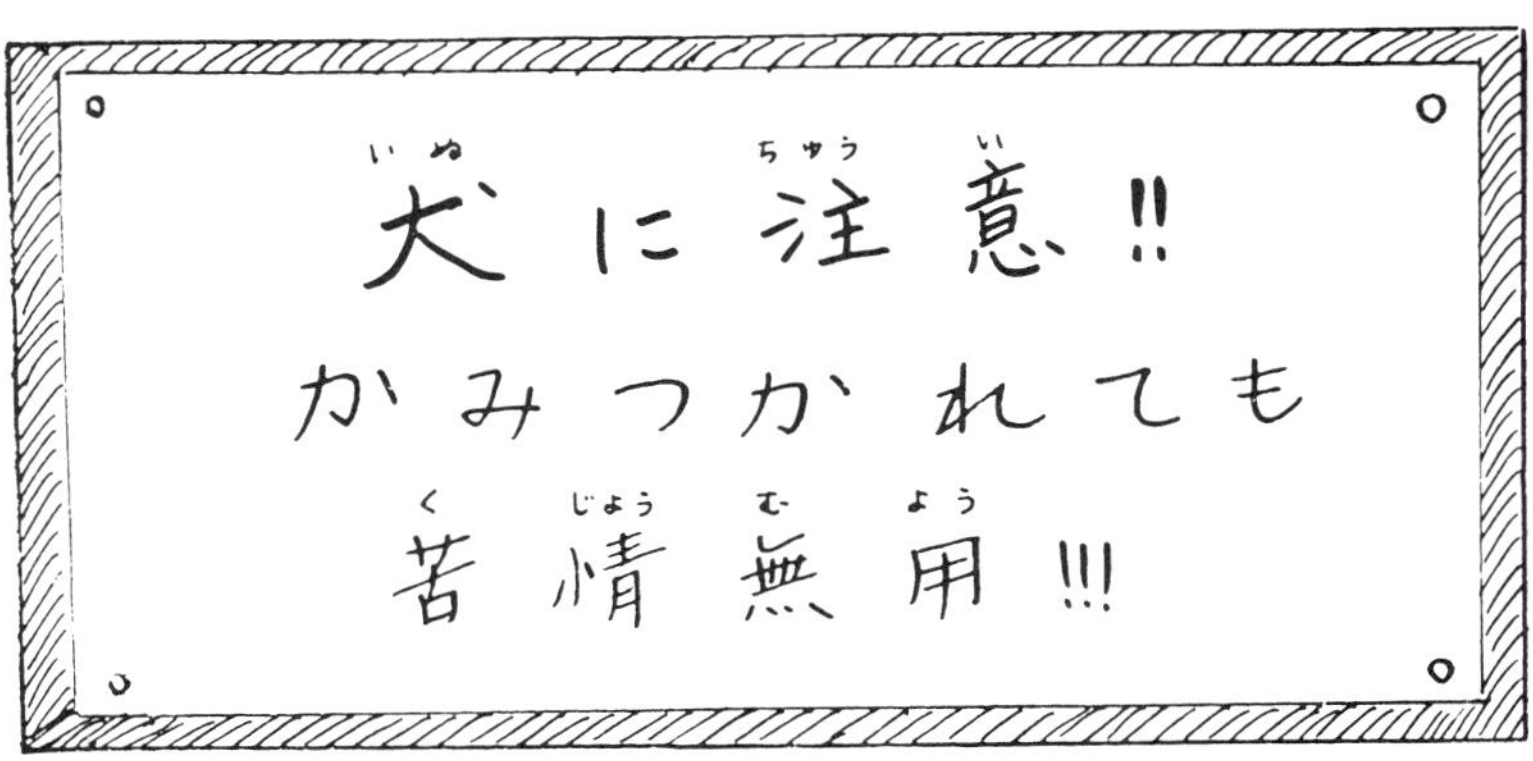

あごで、ほおも、ぶよぶよたれさがっているのです。

もう午後四時になろうというのに、シュロッターベック夫人は、花もようのガウンをはおり、髪には、髪まき紙をつけ、足には、はきふるしたフェルトのスリッパをつっかけていました。そして、一歩あるくたびに、まるで、つかいふるした蒸気機関車のように、はあはあとあえいでいました。

「ああ、あなたでしたか、巡査部長さん！　どういうご用で、おたずねくださったのでしょう？」

夫人のことばは、まるで、煙突をとおしてしゃべってでもいるように、ひくく、うつろにひびきました。

「おはなししたいことがあるのです。はいってもよろしいでしょうか？」

「どうぞ、どうぞ！　さあ、おはいりください！」

ふたりが、あれはてた庭をあるいていくと、犬がまたもや、ほえだしました。ふつうではないほえかたです。

「しずかにおし、バスティ！」と、シュロッターベック夫人はいって、ばつがわるそうに、ディンペルモーザー氏の顔をみました。「おゆるしください。バスティは、ちょっとしたことでも、すぐ、こうふんするのです。」

シュロッターベック夫人の居間は、うすぐらくて、なにかしんぴてきな空気がただよっていました。それは、千里眼のためには、くらくなくてはいけないという原則にしたがって——昼間でも、いつもカーテンがしめてあるからです。

「どうぞ、おかけください！」

シュロッターベック夫人は、テーブルのちょうどまんなかにたててあった、ろうそくに火をつけました。

そのテーブルのおもての面には、いろいろな、きみょうなしるしが、いっぱいかかれていました。さまざまの大きさやかたちの星だの、四角形や十字形だの、数字や円だの、また、ディンペルモーザー氏には読めそうもない外国の文字などです。

「葉まきはいかがですか？」

夫人は、ディンペルモーザー氏に、ひらたい小ばこをおしすすめました。

「いや、けっこうです——勤務ちゅうは、たばこをすわないことにしているのです。」

「でも、わたくしがいただくぶんには、ごいぞんはないでしょうね……。」

そういいながら、夫人は、小ばこから、ふとい、黒い葉まきを一本とって、ちょっとにおいをかぎ、さきをかみきって、火をつけると、すぱすぱふかしはじめました。

「わたくしに、お話がおありですって？」

「そうなんです。」

ディンペルモーザー氏は、じぶんの用件を、せつめいしようとしました。しかし、シュロッターベック夫人は、それをおさえました。

「それにはおよびません。――まあ、こちらをごらんになってください！」

夫人は、片めがねを右の目にはさむと、そのめがねの下のふちをゆびさしました。

「お話をうけたまわってしまえば、わたくしが、人さまのかんがえをよみとるひつようがなくなってしまうじゃございませんか？　でも、まばたきは、しないでください！」

ディンペルモーザー氏は、そういわれると、シュロッターベック夫人に、じぶんの頭の中をのぞかれるようで、なんだかふゆかいでしたが、しかし、いわれたとおりにしました。

さいわいにも、それはすぐすみました。

「ごしんぱいのもとが、わかりました」と、シュロッターベック夫人はいいました。「ご安心のいくようにしてさしあげます。あしたの朝、八時半に、わたくしのところにおいでください！　あなたのために、とくべつに、八時十五分に目ざましをかけておきましょう。」

「と、いうことは……。」

シュロッターベック夫人は、大きなたばこのけむりをぱっとはいて、うなずきました。

「水晶の玉をつかうのです。」シュロッターベック夫人はいいました。「それをつかうと、ここから、ホッツェンプロッツにはぜんぜん気づかれることなしに、あなたの小さいお友だちのうごきを、いちいち手にとるように、みることができるのです。——ところで、きょうは、これでおゆるしくださいませんか。バスティに、朝ごはんをもっていってやらなくてはいけません。ほら、おききくださいまし、かわいそうに、クンクンないているでしょう！」

17 水晶の玉

あくる朝八時に、カスパールとゼッペルは出発しました。ブリキかんをもったふたりをみかけたものは、キイチゴでもつみにいくのだ、と、おもったにちがいありません。しかし、かんの中には、身のしろ金がはいっているのです。一ペニヒもちがわず、ぴったりです。ふたりは、それを五回もかぞえたのでした。

ディンペルモーザー氏は、つぎの町かどまで、ふたりといっしょでした。

「じゃ、うまくやるんだよ。――いいかい、もしも、まちがいがおこったら、かならず、わしが、きみたちをとりかえしにいくからな！」

「きっと、そんなことにはならないでしょう！」と、カスパールはいいました。

ここで、道がわかれました。カスパールとゼッペルは、森の中のふるい石の十字架にむかって、ディンペルモーザー氏は、シュロッターベック未亡人の家にむかって、それぞれ、いかなければならないのです。

ディンペルモーザー氏は、きょうもまた、なんどか、りんをならさねばなりませんでした。また、バスティが、ひどくほえだしました。シュロッターベック夫人は、ひょっとすると、ねすごしたのではないでしょうか？

ようやく、夫人がでてきて、戸をあけました。す足にスリッパをひっかけ、頭に、あんだナイトキャップをかぶり、ねまきの上には、長いふさのついた毛の肩かけをはおっていました。

「さあ、おはいりください。すっかり、じゅんびはできています！」

くらくした居間のテーブルの上には、すでに、ろうそくが、ともっていました。そのろうそくのそばの、黒いビロードのクッションの上に、うす青くひかっている、ヤシの実くらいの大きさの、水晶の玉が、のっかっていました。

「さわらないでください！」と、シュロッターベック夫人は注意しました。「ほんのちょっ

とても、ショックをあたえたら、くもるのです。そうしたら、ふたたびつかえるようになるのに、なん時間も、いいえ、なん日もかかることさえあるのです。」

「ところで、それは、なんにつかうんですか?」

「五十二キロいないにあるばしょでしたら、そこでおこるすべてのことを、これでみることができるのです。——もっとも、戸外でおこるばあいですが。」

夫人は、そういって、テーブルにつくと、水晶の玉がのっているクッションの二方のすみを、しんちょうにつかんで、それから、たずねました。

「カスパールとゼッペルは、いま、ほぼ、どのあたりにいるとおおもいになりますか?」

ディンペルモーザー氏は、ちょっと懐中時計をみました。

「十時十分まえだから……、いまごろは、モース川の橋のあたりからあまり遠くないところでしょうな。」

「けっこうですわ、それだけわかれば——じきに、みつかるでしょう。」

シュロッターベック夫人は、とがったゆびで、クッションと玉を二、三回、あちこちと、まわしました。

「焦点をあわせるのに、いつもいちばん時間がかかります」と、夫人はいいました。「そのかわり、目標さえみつけたら、あとは、ひとりでにいくのですけど……でも、もう、そんなことをいうひつようはございませんわ！　ほら、モース川橋が——そして、わたくしのおもいちがいでなければ、あそこの森のおくに、カスパールとゼッペルのすがたが、あらわれましたわ。」

「ほんとうですか？」と、ディンペルモーザー氏はたずねました。

シュロッターベック夫人は、うなずいて、ディンペルモーザー氏のそでをじぶんのほうにひっぱりました。

「さあ、こちらへ、わたくしの席へどうぞ。これからは、ふたりのうごきをごじぶんでごらんになるほうが、よろしいでしょう。でも、テーブルにぶつからないようにしてください。でないと、なにもかもだめになってしまいますから！」

ディンペルモーザー氏は、まるで、はれものにさわるように、注意しました。テーブルにつくのに、こんなに用心したのは、うまれてはじめてのことです。

「じょうできですわ！」と、シュロッターベック夫人はいいました。「さあ、しっかり玉

をごらんになってください。——なにかみえまして？」

ディンペルモーザー氏は、さいしょは、水晶の玉の中に、ただうす青いひかりしかみえませんでした。が、しだいに、もののかたちがうかびだし、それが、ぐんぐんはっきりしてきて——そして、ほんとうに、いま、ちょうど橋をわたっていくカスパールとゼッペルのすがたが、はっきりみえてきたではありませんか。そればかりか、足音もきこえてくるのです。さらに耳をすますと、ふたりがはなしていることばさえ、よくききとれるのです。

「さて、いかがなものでございましょう？」と、シュロッターベック夫人はたずねました。

「わたくし、できもしないようなやくそくをいたしましたでしょうか？」

ディンペルモーザー氏は、すっかり感動しました。

「これはすごい！」と、ディンペルモーザー氏はさけびました。「ホッツェンプロッツのやつ、このことをしったら、さぞおこって、かっとなることでしょうな！　つまり、カスパールのうごきを、あなたの水晶をとおして、警察がみはっていることをしったらですよ。」

18 前へ、すすめ！

モース川の橋をこえてからは、カスパールとゼッペルは、まるで、足が一歩ごとに一ポンド（やく四五〇グラム）ずつおもくなっていくような気がしました。できることなら、すぐにでも、ひきかえしたいところでした。

元気をだすために、ふたりは、ことばの入れかえあそびをはじめました。それは、ふたりのだいすきなあそびでした。カスパールが、口火をきりました。

「きみは、**ホッどろぼう大ツェンプロッツ**がこわくはないか？」と、カスパールはたずねました。

「ぼくが？」と、ゼッペルはいって、ちょっとぼうしに手をやりました。「なにしろ、やつの**石**の中には、**頭ころ**がはいっているからな。」

「**頭ころ**じゃなくて、**なすぼけ**だ！」

「どっちがいいかは、もんだいだ。どっちみち、やつは、おいぼれの**大かば**だよ！」

「**中の本**にあるとおりの**大まとん**だ！」

「**能低**だよ！」

「**どん昼あん**だよ！」

このあそびをつづけて、ホッツェンプロッツのわる口をさんざんいっているうちに、カスパールも、ゼッペルも、だんだん気分がらくになってきました。ふたりが、ふるい石の十字架のところについたときは、しょうしょう、いい気になっていました。

「とまれ！　うごくんじゃない！」

コショウピストルをかまえながら、ホッツェンプロッツが、石の十字架のうしろから、きゅうにすがたをあらわしました。きょうは、いつものどろぼう服を着て、さきのまがったはねのついた、黒いぼうしをかぶっています。

「おまえたちだけだろうな？」

「ごらんのとおりですよ」と、カスパールがいいました。

そして、ゼッペルは、おごそかにちかいました。

「畑のこやしにかけて！」

「なにを！」ホッツェンプロッツはさけびました。「こぞう、おまえはおれをからかう気か？

そのわるふざけはなんだ！」

「ああ、ごめんなさい！」ゼッペルは赤い顔をしました。「もちろん、ぼくのめいよにかけて、といおうとおもっていたのです。ぼくたちは、ほんとうにふたりっきりできました！」

「よし！」ホッツェンプロッツはぶつくさいいました。「それで、金は？」

「お金は、この中にあります」と、カスパールはいって、ブリキのかんをふってならしてみせました。「硬貨で五百五十五マルク五十五ペニヒです。」

「かぞえてみろ！」

「おのぞみとあらば。じつはもう、五回もかぞえたんですがね。――でも、やりましょう！」

ゼッペルがぼうしをぬぐと、カスパールがその中に、お金をぜんぶ、ながしこみました。

それから、ふたりは、硬貨を一まいずつかぞえて、ブリキのかんにもどしました。

ホッツェンプロッツは、ふたりのゆびのほうをするどくみながら、おわりまでいっしょにかぞえました。

「それではさっそく」と、カスパールはいいました。「おばあさんを、ぼくたちにかえしてください！」

「ばあさんを、かえせって？」ホッツェンプロッツは、びっくりしたような顔をしました。

「いったい、なぜだい？」

「だって、あなたはぼくたちに、そうやくそくしたじゃありませんか。」カスパールは、ポケットから速達の手紙をだしました。「ほら、ここにちゃんとしょうこをもっていますよ！」

「おれがばあさんを、しゃくほうするって？」ホッツェンプロッツは、手紙をカスパールの手からとりました。「おまえたちの読みちがいだとおもうがな。そら、しゃくほうするとは、一こともかいてないじゃないか！　おれはただ、おまえたちが金をもってくれば、生きているばあさんにあわせてやる、と、やくそくしたまでだ……。」

「そうですよ！」と、カスパールはさけびました。「じぶんがやくそくしたことは、まもらなきゃいけません――たとえ、どろぼうでも！」

「わかったんだな？」

ホッツェンプロッツは、にやにやわらいました。それから左の目をとじ、コショウピストルの打ち金をおこして、いいました。

「もちろん、ばあさんにはあわせてやる。――だが、ほりょとしてだぞ！」

いまは、ことはすべて、ひじょうにすみやかにはこばれました。ホッツェンプロッツは、ピストルをあげて、さけびました。

「むこうをむけ！　りょう手を、うしろにやれ！　早くするんだ！　それとも、おれにてつだわそうというのか？」

　カスパールとゼッペルは、ぼうぜんとして、なにもかもされるがままにしていました。

　ホッツェンプロッツは、ふたりの手をせなかでしばり、子牛用のつなでつなぎました。

「前へ、すすめ！」

　身のしろ金のはいったブリキのかんを、いっぽうの手に、子牛用のつなを、もういっぽうの手にもって、ホッツェンプロッツは、カスパールとゼッペルをくらい森の中へつれさっていきました。

19 バスティ

ディンペルモーザー氏は、ふるい石の十字架のそばでおこったことを、いらいらしながら、ずっとみていました。そして、いまや、ホッツェンプロッツがカスパールとゼッペルをつれさるところをみるにいたって、ついに、いっしゅん、自制力をうしないました。

「この悪党め！」ディンペルモーザー氏はさけびました。「このならずものめ！　目にものみせてくれるぞ！」

ディンペルモーザー氏は、そういいながら、にぎりこぶしで、テーブルの上をドンとたたきました。すると、ビロードのクッションの上の水晶の玉が、ぴょんとはねました。

「まあ、ディンペルモーザーさま！」

シュロッターベック夫人も、こうなると、もう、手のほどこしようがありません。玉は、みるみるうちに、くもっていきます。まるで、黒いけむりが、玉の中心部から、もくもくわいてきて、映像をつつんでいくように、みえました。

「これは、よわったことになりました！」シュロッターベック夫人は、手を頭の上でうちあわせました。「こちらであらかじめ、ご注意もうしあげていなかったのなら、なにも、もうしあげるしかくはないところですけれど！　ほんとうに、運のわるいおかたですわね！　どうしてまた、テーブルをたたいたりなさったんでしょう！」

「ざんねんです」と、ディンペルモーザー巡査部長は、うなるようにいいました。「かっとなったときは、どうやってこらえたらいいんでしょうな？」

シュロッターベック夫人は、水晶の玉を黒いきれにつつんで、かたづけました。

「わたくしにとっては、このくらい、たいしたことではございません。」夫人は、せつめいしました。「一日か二日もすれば、玉は、またつかえます。それをまっていればいいんですもの。でも、あなたさまにとっては、たいへんですわ！　ホッツェンプロッツが、小さいお友だちをどこへつれていったか、どうやってみつけだすおつもりですか？」

これはしたり、ディンペルモーザー氏は、そのことをぜんぜんかんがえていなかったのです！　シュロッターベック夫人は、はたして、力をかしてくれるのでしょうか？　たとえば、トランプうらないをするとか――コーヒーのだしがらうらないをするとかして。

「もちろん、そういったことをいろいろ、やってみることはできますわ。」夫人はいいました。「でも、しょうじきいって、わたくしは、そういったことをあまり高くかっていません。あなたさまには、犬のほうが、ずっとよろしいでしょう。――そう、だんぜんよろしいとおもいますわ！」

「犬ですって？」

「犬に、ホッツェンプロッツのあとをつけさせるのです。」

ディンペルモーザー氏は、首をかきました。

「その提案には、ちょっともんだいがあります。どうでしょう、ひとつ、わしに――バスティをかしてくださらぬか？　それが、いちばんてっとりばやいとおもいます。そうすれば、一けん一けん、犬をかしてくれないかと、しりあいに、きいてまわることもいらないし……。」

「バスティをですって？」シュロッターベック夫人は、葉まきを一ぷく、つよくすいました。「じつは、バスティはですね……。」

「ばかで、こういうことにはむかないとでも？」

「とんでもありません！」

「それじゃ、おくびょうでだめなのですか？」

「バスティのことを、どうもよくわかっていらっしゃらない。」

「ああ、わかりました。わしのいうことをきかないんでしょう……。」

シュロッターベック夫人は、それもちがうという身ぶりをしました。

「まだ、まったくなにもごぞんじなかったのですわね、ディンペルモーザーさま――そうでしょう？　うちのおとなしいバスティには、犬として、ただ一つ、こまった点があるのです。――どうぞ、こちらへいらしてください！」

夫人は、ディンペルモーザー氏を、バスティの小屋にあんないしました。

バスティは、ふたりの足音をきくと、クンクンなきながら、前足で板をガリガリやりはじめました。

「戸をあけても、こわがることはありません。――あなたには、なにもしませんから。」

シュロッターベック夫人は、かんぬきをおしました。すると、バスティは、大きな声でうれしそうにほえながら、戸外にでて、夫人にとびつきました。ディンペルモーザー氏は、

二、三歩とびさがって、じぶんの首に手をやりました。

「しかし――これは、ワニではありませんか！」と、ディンペルモーザー氏は、とりみだしてさけびました。

「そんなことはございません！」シュロッターベック夫人は、ディンペルモーザー氏のまちがいをただしました。「バスティは、ワニのようなす

がたをしているだけです。じっさいは、ほんもののダックスフントなのです。そうでなかったら、なんで、わたくしが畜犬税などはらいましょう?」

じじつ、バスティは、犬のかんさつのついた首輪をしていました。

「それにしても!」と、ディンペルモーザー氏はいいました。「おたくの――ふーん――おたくの犬は、ひじょうにかわっ

ていますな。」

シュロッターベック夫人は、こまったように、毛の肩かけをつまんでひっぱりました。

「うちあけてもうしあげますと……」と、夫人はいいました。「わたくし、わかいころ、千里眼の術といっしょに、魔法もちょっぴりならいましたの。しょうじきにはくじょうしますが、一日のしごとをおえてから、ちょっと魔法をやってみるのが、たいへんたのしみでして。――それでとうとう、こんなひどいできそこないがうまれることになったのです……。」

夫人がそういいながらバスティをゆびさすと、バスティは、夫人の足もとによこたわったまま、からだをくねくねさせました。じぶんのことが話題にのぼっているのを、ちゃんとしっているようです。

「ある日のこと、この犬を魔法でセントバーナード種（スイスの山地で人命救助の手助けをする大型の犬）にかえようとおもったのです。じぶんでも、どうしてその気になったのかわかりません。たぶん、たいくつから、ひまつぶしに……。

あのわるい日に、わたくしが、なにをどうまちがえたのか、こんにちにいたるまで、いまだに、どうもよくわかりません。ともかく、このあわれなバスティは、その日から、ワニのすがたになったのです。――じっさいには、むかしとかわらない、りっぱなダックスフントなのですけど。」

シュロッターベック夫人は、なみだで目がうるみ、はなをかまずにはいられませんでした。

「これで、わたくしが、あわれなバスティを、人目につかないようにしているわけが、おわかりいただけたでしょうか？」

ディンペルモーザー氏は、じじょうがよくわかりました。

「それで――魔法で、もとにかえすことは、やってみなかったんですか？」

「もちろん、やってみましたとも。」シュロッターベック夫人は、いいました。「でも、うまくいかなかったのです。それで、とうとうあきらめましたの。

それからというもの、魔法をかけるたのしみがなくなってしまいました。おわかりいただけるでしょう。しかし、ふるいお話はもうたくさん！　このすがたを気になさらないのでしたら――バスティを、どろぼう追跡につれていらしてもようございます。」

20 一ダースのきのこ

ホッツェンプロッツは、カスパールとゼッペルをつなにつないで、おいたてていきました。カスパールとゼッペルは、うなだれ、くやしさのあまり、おなかまでいたくしていました。もしも、ディンペルモーザーさんにみすてられでもしたら、それこそ、おさきまっくらだということは、ふたりにも、わかっていました。

「おい、二ひきのへなへなカモさん――わかっているよ、ごきげんがわるいんだろう。しんせつなおじさんが、なにか口ぶえでもふいてやろうか？」

ホッツェンプロッツは、だいすきな、森のたのしいどろぼう生活の歌を口ぶえでふきました。お金のはいったかんをならして、ひょうしをとりました。

「どうしたんだい、耳がわるいわけでもあるまい？　なぜ、いっしょに口ぶえをふかないのか、そのわけをしりたいもんだ。なあ、年よりじみた、気むずかしやさんたちよ。へ、へ、へ、へへへ！」

すこしたって、ホッツェンプロッツは、道ばたの木の下に、一むれのきのこをみつけました。一ダースいじょうもあります。かたちよくのびていて、しんもしっかりしています。

「どうどう！」ホッツェンプロッツは、さけびました。「とまるんだ！　まちがって、そこのすばらしいきのこを、ふんづけられては一大事だ！　こいつをとってかえろう、おいしいきのこスープができるからな。」

ホッツェンプロッツは、カスパールとゼッペルを、いちばんちかくの木にしっかりとしばりつけると、七本の短刀のうちの一本をバンドからぬいて、きのこを切りとりました。

それから、くきについた、モミの

葉やどろんこをとり、ズボンから、いちまつもようの大きなハンカチをとりだし、それにきのこをつつんで、十文字にむすびました。

「さあ、できた！」と、ホッツェンプロッツはいいました。「いそいでかえろう！　おれは、きのこスープがだいすきなんだ。――やきソーセージにザワークラウトよりもすきなくらいだ。いいかい、おまえたち、わけまえにあずかろうなんて、おもうんじゃないぞ！　おれのきのこスープは、半さじだって、おまえたちにやるわけにはいかない。おれがひとりで、ぜんぶたいらげるんだからな！」

「ああ、いりません」と、カスパールはいいました。

カスパールには、一つのかんがえがうかんでいたのでした。すくなくとも、ここ二週間のうちでは、いちばんいいかんがえでした。

「いったい、おじさんは、このきのこをよくしっているんですか？」カスパールは、たずねました。「この中に毒きのこはまじっていない、という自信があるのですか？」

「毒きのこだって？」ホッツェンプロッツは、じぶんのひたいを、ちょんちょんと、たたきました。「おまえは、おれがなにもしらんとでもおもっているのか、ええ？　これは、絵本にでているのとそっくりのロートカッペ（食用きのこの名前）だぜ。うたがう余地なんかないわ。さあ、すすむんだ、さきへいかなくちゃいかん！」

きのこをみつけてから、ホッツェンプロッツは、ますますじょうきげんになりました。大きな音で、ちょうしのはずれた口ぶえをふき、それにあわせて、お金のはいったかんをジャラジャラならすのです。そのため、カスパールは、そう苦労もせずに、じぶんの計画について、ゼッペルとひそかにはなすことができました。

ちょっとうまくいけば、ふたりは、きのこスープを大いに利用できそうでした。じっさい、このところ、ずっと不運つづきでしたが、ようやく幸運がまわってきそうだ、と、ふたりはおもったのでした。

それで、ホッツェンプロッツが、カスパールとゼッペルを、おばあさんのいるねじろにつれてきたときは、ふたりとも、たいそううれしそうな顔をしていました。――ですから、おばあさんも、てっきり、じぶんをむかえにきてくれたとばかりおもったのでした。

「とうとうきてくれたのね！」おばあさんはうれしさのあまり、なみだ声でさけびました。

「ちゃんとわかっていましたよ、あんたたちがむかえにきてくれることは。ふたりとも、いい子なんだものね！　このおそろしいやつからのがれることができるのが、どんなにうれしいか、あんたたちにもわかるでしょう！　ほんとうに、こんなのといっしょだと、ほねも皮もえぐられるようだわ！」

　おばあさんの左足には、長いくさりのついた、金の足かせがはめてあり、そのくさりのさきは、かべにとりつけた輪に、かけてありました。

　それで、おばあさんは、かくれ家の中をあるきまわって、ホッツェンプロッツのためにはたらくことはできても、にげだすことはできません。

「ばあさん、あんたをがっかりさせることになるが」と、大どろぼうホッツェンプロッツはいいました。「カスパールとゼッペルは、あんたをうちにつれてかえるためにきたんではない。ふたりとも、ここにのこるんだ。すくなくとも、おれがふたりの処置をかんがえるまでは、とうぶん、ここにいるんだ。まず、くさりにつないで、それから、ゆかのそうじだ！」

　ホッツェンプロッツは、くさりを二つもってきました。その一つでカスパールを、もう一つでゼッペルを、それぞれ、かべの輪につなぎました。ゼッペルには、これがはじめてではありません。なにしろ、いまから三週間まえにも、ホッツェンプロッツにくさりにつながれたことがあるのですから。

「足かせは、これでじゅうぶん、がっちりかかったぜ！」

ホッツェンプロッツは、わらって、かぎをチョッキのポケットにいれました。

「くさりがもつれないように、気をつけろ！　いま、水とせっけんをもってくる。そうしたら、ふたりとも、ブラシをもて！　――ゆかを、まあたらしいおむつのように、きれいにあらわなきゃ、ただではおかぬぞ！」

おばあさんは、びっくりと、がっかりで、こしかけの上に、ずるずるっとすわりました。

すると、ホッツェンプロッツは、そのこしかけを足でけって、こごとをいいました。

「こんなところで、いつまでもめそめそするな！　めそめそしたって、どうにもならんぞ！　それよりか、そこのきのこをとって、きのこスープをつくるんだ。――ベーコンも、タマネギもいれるんだぞ、わかったな？　それから、じょうずにつくったルウ（小麦粉をバターでいためたもの）もだぞ。おれは、そいつがすごくすきなんだ！」

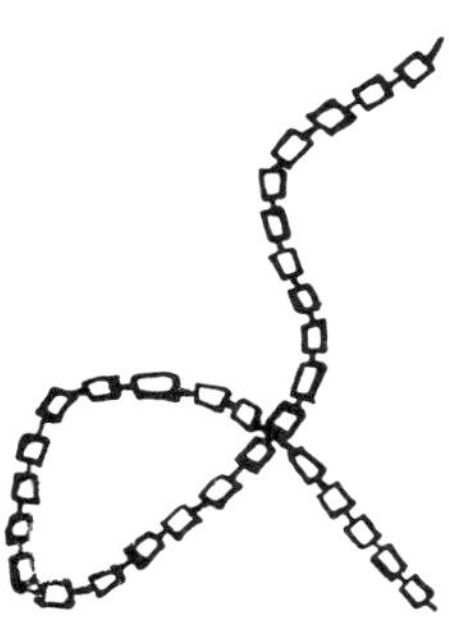

21 きのこスープ

カスパールとゼッペルは、ひざまずいて、どろぼうのかくれ家のゆかを、ブラシでごしごしこすりました。ホッツェンプロッツが、水とせっけんをとりにいっているあいだに、ふたりは、おばあさんに大いそぎでひみつの計画をうちあけておいたのでした。

ホッツェンプロッツは、気もちよさそうに、ひじかけいすにこしをおろしていました。三人がどんなことをはなしあったかもしらず、コショウピストルをもてあそんでいました。

「これは、ほんとうに、ほんもののロートカッペばかりですかね？」と、おばあさんは、きのこをあらいながら、ホッツェンプロッツにききました。「ごぞんじのように、わたしは、近眼で、まったくせきにんはおえませんからね。」

「ばかげたことを！」ホッツェンプロッツはこたえました。「おれが、そのきのこはみんなほんものだ、というからには、みんなほんものだ。」

「でも、ひょっとすると、このなかにクナルピルツ（ふみつけると、はじける毒きのこ）が、一本ぐらいまじっているかもしれないわ。クナルピルツには、ごぞんじのように、たいへんな毒があるでしょう。ところで、クナルピルツとロートカッペとは、よくまちがえるんですからね……。」

「ああ、もういいかげんにやめてくれ！　いまいましいクナルピルツの話なんか、まったくばかげている！　そんなもの、一本もまじっていやしない。ここにあるのは、みんなロートカッペだ。まちがっていたら、おれの手を、火につっこんだっていいぜ。だいじょうぶだから、安心してやるんだな。」

おばあさんは、かまどのほうにあるいていきました。

しばらくすると、とってもいいにおいが、どろぼうのかくれ家にたちこめてきました。

ホッツェンプロッツは、たまらなそうに、そのにおいをすいこみました。

「きのこスープは、まだなかなかかい？」

「もうすぐですよ。」おばあさんはいいました。「あとはただ、コショウと塩をいれるだけ——それに、お酢をちょっぴり……。さあ、できました！」

おばあさんは、なべを火からおろして、テーブルの上におきました。

「おあじみを、なさいますか？」

ホッツェンプロッツは、コショウピストルをわきへおきました。

「よし、そうじをやめろ！」と、大どろぼうは、カスパールとゼッペルにさけびました。

「おれがたべているあいだ、おまえたちはそこのすみにいって、しばらくやすんでいろ。」

ホッツェンプロッツは、テーブルについて、きのこスープのにおいをかぎました。そして、あじをみるために、一さじ、口にもっていこうとしました。――そのとき、ゼッペルがひくい声でカスパールにはなすのが、きこえたのです。

「どうして人は、きのこスープなんかに、あんなに目がないのかな？　きみがきのこスープをぼくにのませようとすれば、ぼくはホッテントットのところにだってにげていくよ！」

「おいおい！」と、ホッツェンプロッツはきゅうにたずねました。「ゼッペル、なんだって？　おまえは、きのこスープがすきじゃないんだって？」

「ちぇっ！」と、ゼッペルはいって、鼻をつまみました。「もう、においがきやがった！」

ホッツェンプロッツは、ゼッペルをよこ目でじろじろみました。

「ところで、どうだ？　おまえにむりやりに……。」

「どうするんですか？」

「そいつをたべさしたら……。」

「かんべんしてください！」ゼッペルは、びっくりしていいました。

「そんなむちゃなことは、しないでください！」

「かんべんしてくれ、だって？」と、ホッツェンプロッツはいうと、
カスパールが心の中できたいしていたとおりのことを、やったのです。

「ばあさん！」と、ホッツェンプロッツはさけびました。「このこぞうに、スープを一さらいれてやれ。――それもたっぷりだぞ、わかったな。」

「し、しかし……」と、ゼッペルはどもりました。「け、けっきょく、ぼ、ぼくに、ようきゅうはしないでしょう……。」

「さらのスープをのめ、とかい？」ホッツェンプロッツは、歯をむきだしました。「いや、おれは、それをようきゅうする！　おれのいうとおりにしろ、それをのむんだ。――そうしないと、こうかいすることになるぞ、ほんとうにひどいことになるぞ！」

おばあさんは、あわれなゼッペルのために、とりなしました。

「あの子は、ほんとうに、きのこスープがだいきらいなのですから！」

「だからこそ、たべさせるんだ！」と、ホッツェンプロッツはいいました。

ホッツェンプロッツは、どうしてもゆずりません。ゼッペルは、おさらのそこまで、さじですくうことになりました。

ゼッペルは、おばあさんのきのこスープは、むかしからだいすきでしたから、ほんとうは、いやでもなんでもなかったのです。けれども、まるで、がまんにがまんをかさねてたべているようなふりをしました。

ホッツェンプロッツは、たのしそうに、それをながめているだけではありません。ゼッペルを、さらにからかうのです。

「どんどんたべた、たべた！　いまどきの若(わか)いものは、気(き)どっていたりしちゃだめだ！　ましてや、きのこスープのときは、なおさらだ。へ、へ、へ、へへへ！」

ゼッペルがさらをからにすると、ホッツェンプロッツは、ゼッペルをテーブルからおいはらいました。

「さあ、こんどはおれのばんだ。ひとつ、いただくとしよう！」

ホッツェンプロッツは、たべはじめました。おいしそうにたべています。ぴちゃぴちゃなめずり、したつづみをうちながら、ホッツェンプロッツは、せっせとさじをはこびます。

カスパールとゼッペルは、かなしそうな顔をして、どろぼうのかくれ家のかたすみにうずくまっていました。それは、まるで、大しごとをしたので、やすまずにはいられないとでもいうようなかっこうでした。

ときおり、ふたりは、ホッツェンプロッツのほうをぬすみ見していました。ようやく、ホッツェンプロッツは、なべをからにしてさじをおきました。ふたりは、これをまっていたのです。ゼッペルにとっては、これがあいずだったのです。ゼッペルは、きゅうに前へつんのめって、うなりはじめました。

「うん、うん！　くるしい！　ああ、くるしい！」

ホッツェンプロッツは、こぶしをあげておどしました。

「なにをうなっているんだ？　やめろ！　すぐ、やめろ！」

おばあさんは、くさりをつけた足で、できるだけ早くゼッペルのところにいって、身をかがめました。

ゼッペルは、いたくてたまらないというように、からだをねじって、うめきつづけました。

「うん、うん！　くるしい、くるしい！　たすけて、たすけて！　ああ、くるしい！」

カスパールは、ゼッペルをなだめようとしました。しかし、ゼッペルは、ますますくるしそうに、わめき、うなります。

「いったい、どうしたんだ？」と、ホッツェンプロッツはたずねました。そして、たちあがって、ちかづいてきました。

「どうしたかって？」と、カスパールはいいました。「ごらんのとおり、おなかをいたがっているんですよ。」

「ああ、くるしい！」ゼッペルはわめきました。「ああ、くるしい、くるしい！　はりさけそうだ……いまにも、はりさけそうだ！」

おばあさんは、このしゅんかんに、おそろしいことがはっきりわかった、とでもいうように、頭をかかえ、髪をかきむしって、いいました。

「クナルピルッツだわ！　毒たけの中毒にちがいないわ！　かわいそうに！　まあ、からだがばらばらになりそうなほど、おなかがきりきりいたむのよ！　おそろしい毒たけ！　それに、ここにはお医者もいないし――お医者もいないし！」

22

さいしょの手（て）あて

　ホッツェンプロッツの顔（かお）が、まっさおになりました。

　クナルピルツの中毒（ちゅうどく）？　そういえば、ホッツェンプロッツも、なんだか胃（い）のあたりに、かるい圧迫（あっぱく）をかんずるような気（き）がします。きゅうに、みじめな気（き）もちになってきました。ひやあせがでてくるのが、じぶんでもわかるのです。

「これには、なんにも手（て）はないのか？」と、ホッツェンプロッツがたずねました。

「ありますとも」と、カスパールはいいました。「さいわい、ぼくはきのこ中毒（ちゅうどく）にかかったときの手（て）あてをしっています。ここにじょうぶなつなが、二、三本（ぼん）あるでしょうか？」

　ゼッペルは、ひどくおなかをいたがり、病気（びょうき）にかかった雄牛（おうし）のように、大声（おおごえ）でわめきたてます。おばあさんは、はげしくなきます。

　ホッツェンプロッツは、ひざががくがくふるえてきました。ひじかけいすに、へなへなとすわると、洋服（ようふく）だんすのそばの長（なが）もちをゆびさし、よわよわしい声（こえ）でいいました。

「つなは、あそこに、すきなだけある。しょうばいがら、すこしたくわえてあるんだ。」

カスパールは、長もちの中をちらっとみました。

「これで、じゅうぶんでしょう。」

カスパールは、おばあさんにてつだってもらって、ゼッペルをいすにこしかけさせました。それから、ゼッペルのからだのまわりに、長いつなをまきつけ、やさしくいいました。

「いいかい、じっとしているんだよ、ゼッペル！　ぼくたちは、いま、きみのおなかをできるだけしっかりしばってあげる。——クナルピルツが、きみのからだを、中からひきさかないようにだ。どうだ、もう、すこしはよくなったような気がしないかい？」

「うん！」と、ゼッペルはうめき声をあげました。「いたみがすこしへったような気がする……。もう一本やってくれよ、カスパール！」

ホッツェンプロッツは、カスパールが、ゼッペルのからだにあたらしいつなをまきつけるごとに、ゼッペルが、すこしずつおとなしくなっていくのを、おどろきと、そしていくらかほっとしたような気もちで、ながめていました。そのうちゼッペルは、とうとうすっかりおとなしくなり、顔をかがやかせながら、こういいました。

「もう、すっかりよくなったよ、カスパール！　おなかのいたいのが、うそのようになおってしまった。これで、もう、だいじょうぶだとおもう……。」

カスパールは、ゼッペルの肩をたたきました。

「とっても運がよかったんだよ。もう、六、七秒おそかったら、なにをしてもだめだったかもしれないけどな……。」

おばあさんは、うれしなみだを手の甲でぬぐって、しゃくりあげながらいいました。

「ゼッペル、あんたがきけんをだっしてくれて、わたしがどんなにうれしいか、ほんとに口ではいえないよ！」

「ところで、おれはどうなるんだ？」と、大どろぼうホッツェンプロッツはさけびました。

「いったい、おれのことはだれもかんがえないのか、どうなんだ？」

「おじさんのこと？」と、カスパールはたずねました。「どうして、そのひつようがあるでしょう？」

「だって、おれも、毒のはいったきのこスープをのんだんだぜ。――それも、しょうしょうではないんだ！　おまえたちは、おれのはらがはりさけてもいいと、おもっているのか？」

「ひょっとすると、それがいちばんかんたんでいいかもしれない」と、カスパールはつぶやくようにいいました。「そうしたら、いよいよ、あんたのことでしんぱいすることはなくなるだろう……。おばあさんは、どうおもいますか？」

おばあさんは、かぶりをふりました。それから、やさしく、しずかにいいました。

「やっぱり、たすけてあげるべきだとおもうわ。わたしたちは、人間どうしなんですもの。」

カスパールが、しばらくためらっていると、ホッツェンプロッツは、もう、おなかがゴロゴロなりだしたようだ、一こくもゆうよしないでくれ、と、たのみました。

「まあ、いいでしょう」と、カスパールはようやくいいました。「おばあさんにかんしゃするんですよ。」

ホッツェンプロッツは、ひじかけいすにふかくこしをかけて、りょう手をしっかりと胃の上におしつけることになりました。

カスパールは、さいしょのつなをホッツェンプロッツにまきつけました。

「ちゃんとまっすぐにすわって、じっとしているんですよ！」カスパールはいいました。

「まずなによりも、手をそこからうごかしてはいけません！　そう、たいへんけっこうですよ……。すぐすむとおもいますからね。しめすぎたら、いってください……。」

「いや、いや、だいじょうぶ！」と、ホッツェンプロッツはあえぎながらいいました。「だいじなのは、はらがさけないことだから！」

カスパールは、ホッツェンプロッツのりょううでをからだにしっかりしばりつけ、それから、そうっと、ひじかけいすにもしばりつけました。四本のじょうぶなつなを、ぐるぐるまきつけました。——ひじょうにつよくまきつけたので、ホッツェンプロッツは、やっといきができるくらいでした。

「ひとつ、うでをうごかしてみてください！」

「そんなこと、できないよ」と、ホッツェンプロッツはいいました。

「ほんとうにできないのですか？」と、カスパールはねんをおしました。「いっしょうけんめいやってもですか？」

ホッツェンプロッツは、目をつぶって、ぐいと力をいれてみました。それでも、どうしても、うではうごきません。

「ほんとうだろう？」と、ホッツェンプロッツはいいました。

「あ、ほんとうだ」と、カスパールはいいました。

「さるしばいは、もう、これでおわった。」

「なにが、さるしばいだ？」

カスパールがあいずすると、おばあさんは、ゼッペルのおなかのつなをといてやりました。

「あんた、よくやってくれたね、ゼッペル！　もしもわたしが、ほんとうは、クナルピルツなんか、まじっていないということをしっ

ていなかったら――しんぱいのあまり、じぶんが死ぬところだったわ!」

大どろぼうホッツェンプロッツは、きゅうに、じじょうがわかってきました。

「おまえたちは、おれをだましたんだな? おれは、わめくひつようは、ぜんぜんなかったんだな? つなをかけるひつようも、なかったんだな? えい、くそいまいましい大うそつきめら! なんでもないのに、おれをびっくりさせやぁがって、ふざけたやつらだ!」

カスパールとゼッペルは、ホッツェンプロッツが、いまにもかんしゃくをおこすだろうとおもっていました。ところが、かんしゃくをおこすどころか、ホッツェンプロッツは、大きな声でわらいだしたのです。

「へ、へ、へへへ! おまえたち、りっぱにやったな、三人ともなかなかぬけめがないぞ。ほんとうにじょうできの、こんこんちきだ! おまえたちが、どうしてもおれのつなをとかなきゃならんことを、しっているのか?」

「せいぜい、それをいつまでもまっているんだな!」と、カスパールはこたえました。

「なにをいっているんだい! おれがおまえたちの足かせのかぎを、チョッキのポケットにいれたのを、わすれたのか? そのポケットは、どこにある? いまおれのりょう手がのっかっている、ちょうどこの下のところだ、へ、へ、へ、へへへ！　おれのこのつなをとかないで、おまえたちは、どうして、そのかぎを手にいれようとおもっているんだい？　方法があったら、いってみろ！　カスパール、そこのコショウピストルも、おまえには役にたつまいて、たまがこめてないからな。へ、へ、へ、へへへ！」

カスパールとゼッペルとおばあさんは、頭を一ぱつ、ぽかんとやられたようなおもいがしました。ざんねんながら、ホッツェンプロッツのいうとおりだったのです。かぎのことにかんがえがおよばなかったのは、まったくたいへんな手ぬかりでした！　しかし、人はなにもかも、そういっぺんにかんがえられるものではありませんよね。

「おまえたちの、そのまぬけ面をみていると、おれは、おかしくておかしくて死にそうだぜ！」ホッツェンプロッツは、かんだかい声でわらいました。「しょうしんしょうめい――ほんとうにおかしくて死にそうだぜ！」

が、きゅうに、ホッツェンプロッツは、おこり声にかわって、がなりたてはじめました。

「すぐやるんだ、あわれなあほうども！　いつまでおれを、このまま、またしておくんだ？　さっさと、おれのつなをとけ！　こんちくしょうめ、あとのことはそれからだ！」

23 いずれにしても たいほされたんだ！

そのあいだ、巡査部長アロイス・ディンペルモーザー氏は、けっしてなまけていたわけではありません。ご成功をいのります、というシュロッターベック未亡人のことばをあとにして、つなにつけたバスティといっしょに、森へむかっていそいでいたのでした。ふるい石の十字架のところで、バスティは、大どろぼうホッツェンプロッツの足あとをかぎました。

バスティは、じっさい、優秀なそうさく犬でした。鼻面を地面につけながら、巡査部長さんをぐいぐいひっぱっていきます。――あんまりつよくひっぱるので、ディンペルモーザー氏は、よたよたしながら、ついていくのでした。

「しっかりたのむよ、バスティ！」ディンペルモーザー氏は、あえぎながらいいました。

「しっかりやってくれよ！　どろぼうをつかまえたら、ごほうびは、ソーセージだぞ！　ソーセージだぞ！」

「ワン！　ワン、ワン！」と、バスティはほえました。（バスティは、それでディンペルモーザー氏のいったことがわかった、といおうとしているのでした。）

そのときから、バスティは二ばいもねっしんになりました。とくべつ気をひくような木に足をあげることさえ、がまんしました。

（こいつは、わしをいったい、どこへつれていくんだろう……？）と、ディンペルモーザー氏は、きたいをかけて、ついていきました。

すると、くぎづけしたどろぼうのかくれ家のところで、バスティは足をとめました。ここで、追跡がおわったのです。

ディンペルモーザー氏は、すっかりがっかりしました。こんなところでいいはずは、ないのです。

「おまえは、きっとおもいちがいをしているん

だよ、バスティ」と、ディンペルモーザー氏は、ぶつくさいいました。

「ワン！　ワン、ワン！」と、バスティは、ほえました。（バスティはそれで、じぶんはおもいちがいなんかしていない、といおうとしているのでした。）

「いや！」と、ディンペルモーザー氏は、バスティにはんたいしました。「おまえは、おもいちがいしているんだ。それもまったく、ひどいおもいちがいだ！　きょうは、ソーセージはだめだぞ。――いいな、だめだぞ……。おや、あれはいったいなんだろう⁉」

ディンペルモーザー氏は、手を耳に

あてました。かくれ家の中で、だれかが、がなっているのです。はっきりきこえてくるのです。

その声は、あきらかにホッツェンプロッツの声ではありませんか。

（これはしたり！）と、ディンペルモーザー氏はかんがえました。（かくれ家は、規定によってくぎづけしてある。――だのに、この中にあいつがいるとは？　これは、ただごとではないぞ！）

さっそく、ディンペルモーザー氏は、入り口の、板をはぎとりました。それから、サーベルをぬき、ヘルメットをまぶかにかぶると、とびらを足でけとばしました。

「ウオン、ウオン！」と、バスティがほえたかとおもうと、あっというまに、ディンペルモーザー氏のそばをとおりぬけ、かくれ家の中にとびこみました。

すると、そのあとすぐに、たすけをもとめる大どろぼうホッツェンプロッツのひめいがきこえてきたのです。

「おお、いたい！　この動物をどけてくれ。――こいつは、ワニじゃないか！　たすけてくれ！　たすけてくれ！　この野獣に、おれはくいころされそうだ！」

ディンペルモーザー氏は、じぶんの職務をこころえていました。

「バスティ！」と、ディンペルモーザー氏はさけびました。「法律をさきどりすることはゆるされないんだ。こっちへこい！ ——いずれにしても、おまえはたいほされたんだぞ、ホッツェンプロッツ！ さわがずに、でてこい！」

「それが——できないんで、巡査部長さん……。」

「いったい、なにができないんだ？ おい、ふざけたまねをするな！」

ディンペルモーザー氏は、かくれ家に足をふみいれました。すると、どうでしょう。ホッツェンプロッツが、ひじかけいすにしばられているのです。そして、そのそばには、カスパールとゼッペルとおばあさんが、たっているのです。

三人は、いっせいにさけびました。
「ほんとうにいいところにきてくださいました、巡査部長さん！」
ディンペルモーザー氏は、すっかりしょげきった顔をしました。
「こんども、また、おくれをとったか！」と、ディンペルモーザー氏は、ためいきをつきました。「ホッツェンプロッツは、ていこうできない。わしは、やつを、ただひっぱってかえりさえすればいい。――それで、おしまいというわけだ！　それが、わしにとっては、けっきょく、すこしものたりないんだ。」

カスパールは、くさりをガチャガチャならしました。

「ぼくたちがくさりにつながれているのが、みえないんですか？　くさりのかぎは、ホッツェンプロッツが、チョッキのポケットの中にもっているんです。ぼくたちは、それをどうすることもできないんです……。」

「なーるほど！」と、ディンペルモーザー氏はさけびました。「それなら、このバスティくんに、ひとつ、ほねをおってもらわなきゃなるまいて。」

「ワン、ワン！」と、バスティはほえて、大どろぼうにとびかかっていきました。

「やめてください！」と、ホッツェンプロッツはたのみました。「ワニを、どうかおさえてください！　なんでも、おっしゃるとおりにして、おとなしくしていますから！」

こうなると、ホッツェンプロッツのつなをといて、かぎをとりだすことは、かんたんでした。

カスパールは、まず、おばあさんのくさりをはずしました。それから、ゼッペルのくさりを、さいごにじぶん自身のくさりを、はずしました。

「ね、ごらんなさい、あなたがいらしたのは、けっして、おそくはなかったでしょう。巡査部長さん！」と、おばあさんはうれしそうに、ディンペルモーザー氏にいいました。「わたしたちは、あなたに、どっさりお礼をもうさなくちゃいけません。」

「それには、およびませんー」と、ディンペルモーザー氏は、けんそんして、ことわりました。「わしはただ、わしの義務を、ちゅうじつに、はたしたまでですよ。」

しかし、このけなげな男の心の中は、五回もみがきあげた銅のやかんに日があたって、きらきらひかっているときのように、かがやいていました。

24 やきソーセージで　夕食会

午後おそくなって、一行は、ぶじに町にかえってきました。

巡査部長アロイス・ディンペルモーザー氏は、いかにも警官らしい、いかめしい顔で、自転車にのり、一行の先頭にたっていました。

おばあさんは、その自転車の荷台にのっかっていました。たのしそうに、りょう足を右がわにぶらぶらたらし、道ばたの人びとに、かたほうの手であいずをしていました。そして、もういっぽうの手には長いつなをもっていて、そのつなのさきには、大どろぼうホッツェンプロッツが、かたくしばりつけてありました。

「さあ、ついておいで、ついておいで！　ただ、つかれないようにね！」と、おばあさんはいいました。

ホッツェンプロッツは、うなだれていました。鼻が、一分ごとに長くのびていくようでした。くやしくて、歯ぎしりをしていました。

「おれがこんなことになろうとは！」と、ホッツェンプロッツはぶうぶういいました。「おれが……こんなことに！」

　カスパールとゼッペルは一行のしんがりを行進しました。ふたりは、一どはぬすまれたけれど、いまやめでたくとりかえした、警官の制服を身につけていまし

た。ゼッペルは、ほこらしげにヘルメットをぼうしの上にかぶり、サーベルを肩にかついでいました。カスパールは、銀ボタンのついた、だぶだぶの青い上着を着ていました。身のしろ金のはいったブリキのかんは、ふたりでこうたいにもちました。いまは、ちょうどゼッペルのばんで、そのかわり、カスパールはバスティをひっぱっていました。

「ワン、ワン！」バスティはほえました。――ホッツェンプロッツに、あるくのをすこしでもさぼったら、ただではおかぬぞ、といっているのです。ふくらはぎに、ようしゃなく、ぱくりとかみつかんばかりのいきおいでした。

一行は、ホッツェンプロッツを派出所につれていって、ほうき戸だなの中にとじこめました。そして、そのみはりは、カスパールとゼッペルとバスティがしました。

おばあさんは、夕食のしたくのために、いそいでうちへかえりました。

ディンペルモーザー巡査部長は、市の警察署に電話でれんらくをしました。

「そうです、警視さん、まったくそのとおりであります。あの悪名たかい大どろぼうホッツェンプロッツのことでして……。どこへいれているか、ですって？　いまのところ、ほうき戸だなの中にはいっています。――はい、みはりはじゅうぶんしてありますとも。こちらに、ひきとりにきてくださる……。ええ、なんとおっしゃいました？　ひきとりに、と、こちらはいったのであります、警視さん――ひ、き、と、り、に！」

六時ちょっとすぎに、七人の武装警官が自動車でやってきて、ホッツェンプロッツを市の警察署へつれていきました。カスパールとゼッペルとディンペルモーザー氏とバスティは、その自動車が町役場のところをまがってみえなくなるまで、みおくりました。

「これから、あいつは、どうなるんですか？」と、カスパールはたずねました。

ディンペルモーザー氏は、口ひげをひねりました。

「刑務所に拘留しておいて、それからさいばんにかける。」

「ああ、そうですか」と、カスパールはいいました。「そして、もしまたそこからにげだしたら？」

「そんなことはできない！」と、ディンペルモーザー氏はいいました。「市の刑務所は、つまり、消防ポンプおきばとはちがうんだ。そこでは、あいつが盲腸炎の手をつかっても、なんの役にもたたん。」

ディンペルモーザー氏は、派出所をしめました。

一行は、いっしょにおばあさんのうちにいきました。おばあさんは、もう夕食のしたくをおえて、一行をまっていました。

みんなは、家にはいるとすぐに、うちじゅうに、いいにおいがたちこめているのに、気がつきました。

「おばあさん！」と、カスパールはおどろきの声をあげました。「きょうは、日曜日じゃない？（ドイツでは、日曜日は、店が休みになる。）それなのに、いったいどこから、ソーセージを手にいれたの？」

「それはね」と、おばあさんはまばたきをしながらいいました。「人には、なにかコネがあるものですよ……。」

居間には、すでに食卓の用意がしてありました。巡査部長ディンペルモーザー氏のために、ジョッキ一ぱいのビールがおいてあり、バスティのためには、へやのすみに、ひらたい一まいのさらがおいてありました。

おばあさんが、ザワークラウトとやきソーセージをはこんでくると、おいわいの食事がはじまりました。

「かんぱい！」と、ディンペルモーザー氏はさけんで、ジョッキをあげました。「みなさんのおかげで、大どろぼうホッツェンプロッツをふたたびつかまえることができました。ご協力、どうもありがとう！　──それから、シュロッターベック夫人にも！」

おばあさんはうなずきました。じつは、おばあさんは、シュロッターベック夫人を今晩の食事にしょうたいしようとおもっていたのでした。

「でも、遠いところにすんでいる夫人に、しらせようがないでしょう。」

おばあさんがそういったかとおもうと、げんかんのベルがなりました。カスパールは、とんでいって、とびらをあけて──おもわずじぶんの目をうたがいました。そこには、当のシュロッターベック夫人がたっていたのですから！

「まあ、あなたは!?」おばあさんは、おどろいてたずねました。「どこからおききになったのです……？」

「魔法ですわ！」シュロッターベック夫人は、片めがねを右の目にはさみました。「そこはその、わたくしのしょうばいですもの！」

バスティは、シュロッターベック夫人を、もうれつないきおいでむかえました。それこそ、うれしさのあまり、夫人をおしたおさんばかりのいきおいでした。

「よくやった、よくやった、かんしんな犬！」シュロッターベック夫人は、バスティの鼻面をなでてやりました。「おまえのおかげで、わたしも肩身がひろいわ！」

「まったくですよ！」ディンペルモーザー氏はさけびました。「全世界に、これにまさる警察犬はいませんよ！」

シュロッターベック夫人は感動して、ためいきをつきました。

「でもね」と、夫人はかなしそうにいいました。「でもね、これがダックスフントに――まったくふつうの、小さいダックスフントにもどってくれれば、とわたくし、おもいますの。」

カスパールは、夫人をなぐさめて、バスティをほんとうのすがたにもどすために、なにかいいかんがえをひねりだすことをやくそくしました。

「きっと、なんとかできるにちがいありません」と、カスパールはいいました。「ゼッペル、きみもいっしょにやってくれるだろう？」

「あたりまえさ！」ゼッペルはいいました。「さっそくあしたから、ぼくたち、いっしょうけんめいかんがえよう……。」

すばらしい、長い夕べになりました。この夜のことは、ふたりは、きっといつまでもわすれないでしょう。

おばあさんは、シュロッターベック未亡人とディンペルモーザー氏に、ホッツェンプロッツに自転車でゆうかいされたようすを、くわしくはなさなければなりませんでした。すると、ディンペルモーザー氏は、きかいあるごとに、おばあさんに祝杯をあげました。

「ごりっぱ！」ディンペルモーザー氏はさけびました。なんどもなんども、さけびました。

「ごりっぱ！」

カスパールとゼッペルは、バスティのおさらに、ソーセージがいつもたっぷりはいっているように、気をくばってやりました。

カスパールとゼッペル自身も、おなかがいたくなるまで、やきソーセージとザワークラウトをたべました。そして、いまは、どんな人ともかわりたくないほど――たとえジェットコースターの無料パスをくれるといっても、かわりたくないほど、しあわせでした。

おわり
『大どろぼうホッツェンプロッツ
三たびあらわる』も
出ていますよ！

解説『大どろぼうホッツェンプロッツふたたびあらわる』について

中村浩三

『大どろぼうホッツェンプロッツふたたびあらわる』（原題 Neues vom Räuber Hotzenplotz）という長い題の、この童話の作者オトフリート・プロイスラーは、現代ドイツの有名な児童文学作家です。

プロイスラーさんは、一九二三年、当時のチェコスロバキアのボヘミア地方に生まれましたが、第二次世界大戦後、一九四九年から、ドイツのオーバーバイエルン地方に移って、そこの小学校の先生になりました。そして先生をしながら、じぶんの子どもや学校のおしえ子たちに、おもしろい話をつくっては、話してきかせていました。

それがきっかけで、プロイスラーさんは作家となり、それらのお話がもとになって、初期の名作『小さい水の精』（Der kleine Wassermann, 1956／徳間書店）、『小さい魔女』（Die kleine Hexe, 1957／学研教育出版）などの童話も、生まれたのです。

プロイスラーさんは、そののち一九六二年に、『大どろぼうホッツェンプロッツ』（Der Räuber Hotzenplotz）という童話を発表しました。ゆかいな大どろぼうを主人公とした、このユニークな童話は、たちまちドイツの子どもたちの人気をさらい、すぐに世界のいろいろな国のことばにも訳され――もちろん日本語にも訳されて――、《ホッツェンプロッツ》は、やがて世界じゅうの人気者になり、いまでもさかんに読まれているのです。

この童話が、あまり評判がよいので、プロイスラーさんは、ついにそのつづきを書く気になって、一九六九年にだしたのが、この『大どろぼうホッツェンプロッツふたたびあらわる』です。――つづきといっても、これはこれで、独立した一つの物語になっていることは、いうまでもありません。

ところで、さきにでた『大どろぼうホッツェンプロッツ』は、もちろんみなさんは、もう、お読みになったこととおもいます。――おばあさんのだいじなコーヒーひきをぬすんだ大どろぼうホッツェンプロッツを、少年カスパールとゼッペルが、

作者　プロイスラー

画家　トリップ

ちえをはたらかせてとらえ、ホッツェンプロッツは、とうとう、町の消防ポンプおきばに留置される――というところで、この物語は、おわっていましたね。

その大どろぼうが、巡査部長のディンペルモーザー氏をだまして、消防ポンプおきばからにげだしたところから、この新しい物語『大どろぼうホッツェンプロッツふたたびあらわる』は、はじまるのです。そして少年カスパールとゼッペルが、また大活躍をして、巡査部長やおばあさんや、シュロッターベック夫人や夫人の犬のバスティなどのたすけをかりながら、ついに、この大どろぼうをふたたびつかまえる――というところで、おわっています。

読みはじめると、おしまいまでひといきに読んでしまわずにはいられない、すじのおもしろさといい、また、でてくる人間のおかしさ、心のあたたかさなどが、いきいきと書かれている点といい、こんどの物語も、まえの物語にけっしてひけをとらない、りっぱな作品になっています。ですから、この本も、たちまち評判になって、一九七〇年度のドイツ児童文学賞の推薦図書にえらばれました。

そして、プロイスラーさんは、それまでの全作品にたいして、一九七二年に、名誉ある国際アンデルセン賞作家賞（次席）をおくられました。

なお、この本のさし絵は、まえの本とおなじく、フランツ・ヨーゼフ・トリップ（Franz Josef Tripp 一九一五〜一九七八年）という、独得な画風で知られる、ドイツのさし絵画家の手になるものです。いかにもこの物語にふさわしい、特色のあるさし絵ではありませんか。

大どろぼうホッツェンプロッツ
ふたたびあらわる

発行	1970年12月初版1刷	1989年6月初版45刷
	1990年7月改訂1刷	2010年9月改訂51刷
	2010年10月改訂2版1刷	2012年10月改訂2版6刷

作者　オトフリート・プロイスラー
画家　フランツ・ヨーゼフ・トリップ
訳者　中村浩三
発行者　今村正樹
発行所　偕成社
〒162-8450　東京都新宿区市谷砂土原町3-5
電話　03-3260-3221(販売部)　03-3260-3229(編集部)
http://www.kaiseisha.co.jp/
印刷所　中央精版印刷・小宮山印刷
製本所　常川製本

NDC943　192p　22cm　ISBN978-4-03-608260-5
Published by KAISEI-SHA. Printed in Japan.

・スリル！ 冒険！ ユーモアたっぷりの・

プロイスラーの本

発売以来、世界中で読みつがれているオトフリート・プロイスラーの傑作が勢ぞろい。

中村浩三・訳

小人ヘルベのぼうけん

森の小人ヘルベと親友の森の精ツボッテルが
くりひろげるゆかいな冒険と、
森でくらす小人たちのあたたかい友情の物語。

偕成社文庫　定価735円

先生は魔法つかい?

生徒たちのために、ちょっぴり魔法をつかう
クリングゾア先生のお話。
作者自らの体験をもとに語られる、愛すべき教師の姿。

偕成社文庫　定価735円

大どろぼうホッツェンプロッツ
大どろぼうホッツェンプロッツ ふたたびあらわる
大どろぼうホッツェンプロッツ 三たびあらわる

悪名高い大どろぼうホッツェンプロッツと、二人の少年たちとの
奇妙な心の通いあいを軸に、スリルとユーモアいっぱいの
事件がまきおこる！ ベストセラー三部作。

ハードカバー　定価各945円／偕成社文庫　定価各630円

クラバート

1972年ドイツ児童図書賞受賞
少年クラバートは、愛と自由を得るため、魔法を駆使して邪悪な親方と闘う。
大人の読者をも魅了する壮大なロマン。

ハードカバー　定価1680円／偕成社文庫（上・下）定価各735円

※表示の定価は税5%を含みます。2010年4月現在。